YASSAMAN MONTAZAMI

DANS UNE AUTRE VIE

roman

SABINE WESPIESER ÉDITEUR
13, RUE DE L'ABBÉ-GRÉGOIRE, PARIS VI
2025

Le lecteur trouvera dans un lexique en fin d'ouvrage
la signification des mots en farsi.

À mon frère, Morad

We are such stuff as dreams are made on ;
and our little life is rounded with a sleep.

SHAKESPEARE
The Tempest

PROLOGUE

Ma mère avait la fâcheuse manie de ne jamais me reconnaître sur les photos. « Qui est-ce ? demandait-elle chaque fois qu'elle me voyait, l'index posé sur le visage de l'inconnue. – Mais, maman, c'est moi ! m'écriais-je. – C'est toi ? Ah bon ? Tu en es sûre ? On ne te reconnaît pas du tout ! »

J'étais pourtant très reconnaissable avec ma face carrée de sphynx, mes cheveux plats, mon nez un peu trop fort, ma peau souvent boutonneuse, mes bras maigres, mes longues jambes. J'aurais dû l'être d'autant plus à ses yeux que j'étais pour ainsi dire son portrait craché. Son portrait d'avant, il est vrai. D'avant sa rhinoplastie.

Longtemps, en effet, ma mère ne supporta pas son nez, qu'elle trouvait affreusement busqué. Elle fuyait son reflet et s'arrangeait toujours pour placer une main devant lui quand elle sentait l'objectif d'un appareil photo se tourner vers sa personne, de telle sorte que son visage apparaît à demi dissimulé sur la plupart de ses portraits. Ses portraits d'avant, il s'entend. D'avant l'opération.

J'avais trois ans quand, après plusieurs années d'hésitation, elle se résolut à la tenter. Lorsque, de retour de la clinique, elle rentra à la maison avec sur le visage un énorme pansement d'où dépassait un hématome, je poussai un hurlement, et il fallut de longues minutes pour me calmer. Quand on le lui retira, quelques jours plus tard, j'eus l'impression qu'on avait échangé ma mère contre une autre dame que je ne connaissais pas, tant il est vrai qu'en modifiant l'aspect d'un nez c'est toute la physionomie d'une personne qu'on métamorphose. Elle semblait également avoir changé de personnalité : elle avait gagné en joie de vivre et en légèreté ; elle ne détournait plus les yeux devant les miroirs et s'offrait gracieusement à l'objectif des appareils photo qui se tournaient vers elle.

Elle disait à qui voulait l'entendre que, à la manière des personnes qui changent de genre, elle avait fait advenir sa véritable figure, laquelle, jetée trop longtemps dans l'ombre par ce nez difforme qui en masquait les traits, n'attendait que quelques coups de marteau et de bistouri pour se révéler enfin au monde.

Elle eut un temps la tentation de jeter toutes les photos où son ancien visage apparaissait. Elle y renonça finalement, considérant qu'il lui suffirait de ne plus les regarder. Comme tous les gens autour d'elle, elle finit peu à peu par oublier la femme qui y figurait, jusqu'à ce que celle-ci se présentât de nouveau devant elle, sous mes propres traits cette fois-ci. En grandissant, je lui ressemblais de plus en plus en effet. Au lieu de s'en réjouir, elle en fut accablée. C'était sa laideur passée qu'elle voyait en moi.

Elle eut la clémence de ne pas m'en tenir rigueur, prenant le parti, pour ce faire, de détourner les yeux de ma personne et de me considérer comme un pur esprit, dépourvu d'enveloppe charnelle. Je ne l'ai ainsi jamais entendue commenter mon apparence, que ce fût en bien ou en mal. Je n'avais ni corps ni tête pour elle – et encore moins de nez. Une mère normale m'eût dissuadée d'arborer les couleurs pastel que j'affectionnais, à commencer par le rose bonbon, lesquelles accentuaient dramatiquement mon teint olivâtre, ou m'eût emmenée chez une esthéticienne pour me faire épiler les jambes à l'adolescence – pas elle. À aucun moment ne lui traversa l'esprit que la coupe au bol qu'on m'avait faite tout enfant et que les coiffeurs entretenaient année après année n'était pas à mon avantage et qu'elle était passée de mode depuis bien longtemps. Tout cela lui était parfaitement indifférent.

J'avais véritablement le sentiment d'être invisible auprès d'elle. J'ai d'ailleurs passé une grande partie de ma petite enfance à attendre que ses yeux se posent sur moi. Elle pouvait rester des heures sur le canapé du salon, la tête droite, son buste menu flottant dans un chemiser en soie, les jambes croisées, à fumer des cigarettes dont l'odeur se mêlait aux effluves d'*Opium*, son parfum préféré, le regard absent, brouillé par la fumée, tandis que, assise par terre dans un coin de la pièce, je jouais avec mes poupées, espérant vainement qu'elle me prête attention, ne fût-ce qu'un instant.

Elle ne me voyait pas. J'étais son point aveugle. Cette cécité a perduré au fil du temps, même lorsque je fus devenue adulte. D'où sa sempiternelle question au-dessus des photos sur lesquelles je figurais : « Qui est-ce ? »

Il est difficile en effet de reconnaître ce qu'on n'a jamais vu.

1

Les premiers symptômes de la maladie neurodégénérative qui devait emporter ma mère ne nous inquiétèrent pas. L'étrangeté de certains de ses comportements ne tranchait pas radicalement avec sa personnalité – elle ne faisait qu'en accentuer les traits. Ses absences, de plus en plus fréquentes, s'inscrivaient parfaitement dans sa nature rêveuse. Le fait qu'elle nous adresse la même question plusieurs fois dans la journée, parfois d'une heure à l'autre, s'expliquait par l'attention souvent flottante qu'elle nous prêtait dans la conversation. Cette manière bien à elle d'entendre sans écouter justifiait également ses nombreux coq-à-l'âne. Quant aux soins exagérés dont elle entourait sa cigarette électronique, qu'elle remplissait sans cesse de liquide, nettoyait avec précaution et rechargeait constamment, nous les mettions sur le compte de l'anxiété dans laquelle l'avait toujours plongée l'utilisation des appareils modernes. Notre médecin de famille lui-même, le docteur Poireau, resta longtemps aveugle à ses troubles cognitifs.

En définitive, la première personne à tirer la sonnette d'alarme fut ma mère elle-même.

Il est vrai qu'elle se disait depuis toujours « un peu médecin ». C'était selon elle un don, une faculté innée, comme d'autres ont l'oreille absolue, la main verte ou le sens du rythme. Elle surgissait ainsi dans le cabinet du bon docteur Poireau au moins une fois par mois avec non seulement un diagnostic déjà dûment établi, mais une prescription en tête : elle n'attendait pas que celui-ci l'ausculte, mais qu'il lui remette sur-le-champ l'ordonnance qu'elle s'empressait de lui dicter à peine assise devant lui... et qu'elle se réservait le droit de suivre ou de ne pas suivre, selon l'évolution de la pathologie qu'elle s'était découverte.

C'est ainsi qu'un beau jour elle lui demanda (ou plutôt lui notifia en termes fermes) de l'orienter vers un service spécialisé à cause de ses « problèmes de mémoire ».

Cela faisait un certain temps qu'elle se plaignait auprès de nous de devoir chercher ses mots, le nom de telle personne, connaissance ou célébrité, mais aussi bien ses clefs, son smartphone ou sa pince à épiler. Elle appelait cela « faire ses recherches », et elle pouvait y consacrer des heures. Parfois, quand je lui demandais par téléphone ce qu'elle avait fait de sa matinée, elle me répondait, un peu agacée : « Eh bien, tu sais, j'ai fait mes recherches ! » Dès lors qu'elle retrouvait un mot, un nom, elle s'empressait de le consigner dans un carnet, dans le but un peu naïf de le fixer dans sa mémoire. Comme il n'était pas rare qu'elle égare ledit carnet, elle en tint un deuxième, puis un troisième, dans lesquels s'allongeaient, page après page, des listes un peu baroques, où se succédaient des noms d'acteurs ou de chanteurs, de capitales, des titres de films ou de livres, des dates de naissance…

Autre chose l'inquiétait, qu'elle essaya de nous cacher autant que faire se pouvait, mais que nous remarquâmes bientôt : sa main gauche s'était mise à trembler presque continûment.

Les conclusions de ses examens neuropsychologiques n'étaient pourtant nullement alarmantes, bien au contraire : son score au Mini Mental State (ou test de Folstein), destiné à évaluer ses capacités mnésiques, était de 29 sur 30, donc excellent. Ses trous de mémoire étaient simplement liés à l'âge, rien de plus, même si le gériatre qui commenta son bilan avait noté une légère atrophie de l'hippocampe. Il n'était pas non plus alarmé par les tremblements de sa main.

Rassurée, ma mère décida de partir aussitôt pour Téhéran, afin d'y retrouver son frère et sa sœur. Je fus très étonnée de la voir glisser soigneusement les clichés de son cerveau dans sa valise.

« Je voudrais les montrer à Dadash, m'éclaira-t-elle.

– Mais ton frère est gastro-entérologue ! lui retournai-je. Il est spécialiste du tube digestif, pas du cerveau !

– Il a forcément étudié le cerveau en fac de médecine, me coupa-t-elle. Il connaît tout le corps humain. »

2

L'ADMIRATION QUE MA MÈRE et Shimi, sa sœur aînée, vouaient à leur grand frère était absolue. De douze ans leur aîné, celui-ci avait accompagné leurs premiers pas ; il leur avait fait réciter leurs leçons, les avait chaperonnées à l'adolescence et leur avait fait découvrir les comédies musicales de Fred Astaire et de Gene Kelly au Teheran Palace.

Il se prénommait Abol, mais elles ne l'avaient jamais appelé que *Dadash*, que l'on peut traduire par « frérot » en français. Ce surnom avait fini par s'imposer à tous, jusqu'à supplanter son prénom. Tout le monde l'appelait ainsi, même sa femme et ses filles. Lui-même sursautait quand on l'appelait Abol.

Contrairement à mes parents, Dadash et Shimi étaient restés en Iran après la révolution islamique de 1979, considérant qu'ils n'avaient pas à quitter leur propre pays et celui de leurs ancêtres à cause d'une bande d'ayatollahs barbus qu'ils jugeaient illégitimes et dont ils espéraient la chute prochaine. Puis, les années passant, ils avaient fini par se résigner et s'adapter, comme la plupart des Iraniens, à ce nouveau régime.

Shimi avait continué à travailler à la Société nationale du pétrole et de l'énergie, où elle occupait un bon poste. Ma jolie tante, toujours coquette, avait dû se résoudre à revêtir le voile et le manteau bleu marine que les islamistes au pouvoir l'obligeaient à porter. Pour arriver à son bureau, elle devait passer par pas moins de trois points de contrôle, où des laideronnes en tchador noir étaient chargées de vérifier la correction de la tenue des employées, dont le corps devait être totalement recouvert, à l'exception du visage, qui ne devait porter aucune trace de maquillage, et des mains, dont les ongles ne devaient pas être vernis. Le dernier point de contrôle se trouvait à la sortie des ascenseurs, afin de s'assurer que personne n'ait profité de la montée des étages dans le huis clos de la cabine pour desserrer son foulard et se mettre du rouge à lèvres. Shimi attendait donc d'être enfermée dans son bureau, où n'entraient que ses collègues, tout aussi opposés qu'elle aux règlements en vigueur, pour sortir ses fards et se faire une beauté. À la fin de la journée, elle se démaquillait scrupuleusement avant de reprendre l'ascenseur.

Dadash n'avait pas non plus cessé son activité. Six jours par semaine, il se rendait à son cabinet, disant à qui voulait l'entendre qu'il ne pouvait quitter le pays à cause de ses patients. Fuir serait comme les abandonner, voire pire encore : les laisser mourir.

Son dévouement pour eux n'était pas feint. Il était d'autant plus louable, même, que la médecine n'avait pas été sa vocation première. Enfant, il se passionnait plutôt pour le dessin, en effet, et son plus grand rêve avait été longtemps de devenir architecte. On le voyait partout avec son carnet de croquis et ses fusains, et personne ne doutait que, après son baccalauréat, il irait faire de brillantes études en Europe, dont il reviendrait ensuite pour bâtir de somptueux monuments à la gloire de l'Iran. Ses parents, qui l'adoraient et le choyaient, en étaient convaincus plus que n'importe qui. Pour l'encourager, ils lui offraient tout le matériel qu'il réclamait. Mais un événement tragique eut raison de ce destin tout tracé.

Dadash avait une sœur, prénommée Mina, de deux ans sa cadette. Selon ma tante Shimi, qui n'était pourtant pas encore née au moment des faits, mais qui excellait dans l'art de raconter des histoires qu'elle n'avait pas vécues, les deux enfants étaient extrêmement proches l'un de l'autre, liés comme des jumeaux. Elle me les décrivait se tenant fermement par la main sur le chemin de l'école, faisant leurs devoirs ensemble les soirs d'hiver, pelotonnés sous le *korsi*, et ne pouvant dormir en l'absence l'un de l'autre. Or, un jour, en sa huitième année, la petite Mina contracta une méningite et en mourut, faute de traitement adapté.

Ce fut le coup de grâce pour ma grand-mère, qui avait déjà enterré deux enfants en bas âge. La douleur la transfigura. Soudain, cette femme encore jeune, guère portée sur la religion, se tourna vers Dieu, non pour le maudire, mais lui dédier au contraire le peu qui lui restait de souffle. Comme Job dans la Bible, le malheur et l'infortune la renvoyaient à sa petitesse, à son insignifiance, et exigeaient d'elle la plus grande humilité devant le Tout-Puissant. Elle voyait la mort successive de ses trois derniers enfants comme une exhortation à se réformer et à embrasser de tout son être le Très-Haut, en se détachant des choses terrestres, impies par essence.

Quelques semaines à peine après la mort de sa fille, Malak rassembla à la hâte quelques affaires, se fit prêter un tchador et, malgré les protestations de son mari, de ses sœurs et du médecin, qui la jugeaient encore trop affaiblie par le chagrin pour entreprendre un tel voyage, se mit en route pour La Mecque.

Quand elle rentra un mois plus tard, elle n'était plus la même. C'en était fini des tailleurs cintrés qui lui prenaient la taille et faisaient pigeonner sa poitrine, des bas de soie, des escarpins à talons, de la poudre de riz et du khôl. Malak avait pris le voile. Pour parachever la destruction de la femme qu'elle avait été jusqu'au drame, elle déchira consciencieusement toutes les photos où elle apparaissait dans la splendeur de sa jeunesse et de sa féminité et les jeta au feu.

Elle se mit à faire la prière cinq fois par jour, longuement chaque fois. Souvent, elle n'entendait que l'écho de son propre murmure, ces mots en arabe chuchotés avec dévotion. De temps à autre lui venaient de douces images, qu'elle aimait attribuer à ce Dieu miséricordieux et tout-puissant, qui les lui envoyait pour la divertir de sa douleur. C'étaient les champs d'orge de son enfance, ondoyant sous un soleil d'acier, des parterres de tulipes et de narcisses annonçant le printemps, des horizons d'azur infinis, zébrés d'orange et de rose crépusculaires. Parfois lui apparaissait avec netteté le visage de Mina, avec sa peau pâle et blanche, qu'elle couvrait de baisers imaginaires. Il lui semblait alors sentir sous ses lèvres la souplesse et la fraîcheur de ses joues. Cela aussi, c'était un cadeau de Dieu.

Une nuit, elle rêva de son fils. Il avait grandi, c'était un homme à présent, qui portait une fine moustache. Elle le voyait soigner des malades, vêtu d'un élégant costume trois pièces sur la cravate duquel se balançait un stéthoscope. Ce rêve la troubla profondément. Elle l'interpréta comme un message divin : Dieu voulait qu'Abol devienne médecin. Au petit matin, elle alla voir son fils pour lui faire part du destin que le Très-Haut lui réservait. Son avenir était scellé.

Pour qu'il s'exerce à son futur métier, elle le faisait asseoir régulièrement derrière un petit bureau installé sur la terrasse de la maison, muni d'un crayon et d'un bloc de papier, et lui demandait de rédiger des ordonnances pour les domestiques, qu'elle poussait devant lui, les uns après les autres, afin qu'ils lui décrivent leurs maux, réels ou imaginaires. Le jeune garçon se pliait avec docilité à cette étrange comédie, qui semblait réconforter sa mère. Il finit par se prendre au jeu et cessa peu à peu de dessiner. Quelques années plus tard, il s'inscrivait à la faculté de médecine pour la plus grande joie de Malak.

3

Le séjour de ma mère en Iran commença de manière idyllique. Elle logeait chez sa sœur, tante Shimi, et toutes les deux se rendaient chaque jour chez leur frère, qui habitait tout près. Ensemble, ils partaient retrouver des cousins, de vieux amis, ou prenaient la voiture pour de longues excursions. Les photos qu'elle m'envoyait les montraient souriants et épanouis, posant côte à côte sur des banquettes de restaurant ou sur fond de sites touristiques, telles les plages de la mer Caspienne, et de monuments historiques, comme le Tchehel-Sotoun (le palais des Quarante Colonnes) à Ispahan ou le mausolée du poète Saadi à Chiraz.

Les deux sœurs, qui ne pouvaient vivre ensemble plus de trois jours sans se quereller, jusqu'à se brouiller régulièrement, avant de se réconcilier, semblaient enfin entretenir des rapports sereins et apaisés.

Mon oncle, qu'elle accablait comme à l'accoutumée de questions sur son cœur, ses intestins, son estomac ou ses genoux (son sentiment d'être « un peu médecin » venait probablement des réponses qu'il lui donnait), avait rassuré ma mère à propos de ses trous de mémoire. Les clichés qu'elle avait rapportés de France pour les lui montrer ne laissaient voir rien d'anormal selon lui. Elle avait encore de belles années devant elle.

Ce séjour enchanteur ne devait malheureusement pas durer. Sans qu'il ait ressenti de signe avant-coureur, Dadash fit un malaise cardiaque, qui lui fut fatal. Les deux paquets de cigarettes quotidiens qu'il fumait depuis plus d'un demi-siècle avaient eu raison de son cœur.

Ma mère fut autorisée par l'épouse de ce dernier à participer à sa toilette mortuaire. Pour le purifier, elles lui versèrent, selon la coutume, de l'eau tiède sur le corps, très précautionneusement, comme si elles donnaient son premier bain à un nouveau-né, et l'enveloppèrent dans les traditionnelles bandelettes de coton parfumées de musc et d'eau de rose.

Il fut inhumé à Behesht-e Zahra, le plus grand cimetière de Téhéran, dont les dimensions gigantesques sont presque celles d'une ville. La terre qui l'accueillait était la même que celle qui recouvrait le corps de dizaines de milliers de jeunes soldats tombés sur le front lors de la guerre entre l'Iran et l'Irak, enterrés là dans leurs treillis maculés de sang et de boue, comme l'avait commandé le prophète Mahomet pour les martyrs, assurant qu'ils seraient lavés par les anges. Parmi eux s'en trouvait certainement qu'il avait soignés, mais n'avait pu sauver, lorsqu'on l'avait réquisitionné en qualité de médecin sur les champs de bataille.

Quand nous lui rendions visite pendant les vacances d'été, il lui arrivait de sortir des livres de photographies en noir et blanc montrant les combattants iraniens sur leurs chars, le front ceint d'un bandeau blanc, les mains serrées sur leur fusil, le regard tourné vers la ligne de front où ils ne manqueraient pas d'être massacrés. Il nous commentait les batailles de ce long conflit, Khorramshahr, Nasr, Bassora, Dehloran, al-Amareh, mais avec distance, comme s'il n'y avait pas participé. Son regard, pourtant, s'assombrissait parfois. Sans doute se rappelait-il les hôpitaux de fortune, dressés sous des tentes, en plein désert, les survivants qu'on cherchait parmi les tas de cadavres que ramenaient les ambulances, tous ces corps mutilés, gazés, qu'il fallait soigner, recoudre, amputer. Dans ce salon coquet et bien entretenu où nous étions réunis autour de tasses de thé et de petits gâteaux, il devait encore entendre les cris des suppliciés, leurs hurlements de douleur, leurs prières, mêlés au fracas des bombes.

La mort de Dadash eut un effet cataclysmique sur ma tante Shimi, qui perdait plus qu'un frère avec lui, mais l'homme qu'elle avait le plus aimé au monde. Dès que, dans l'unité de soins intensifs de l'hôpital Pars de Téhéran, elle se trouva devant son corps sans vie, que recouvrait jusqu'au cou un drap jaune d'où émanait une odeur de désinfectant, une colère sombre monta en elle, qui se mua en une rage furieuse que rien ni personne ne pouvait contenir. Dans les jours qui suivirent, cette rage éclatait à chaque occasion. Shimi contestait tout, de la date de la cérémonie funèbre à l'horaire des visites, jusqu'au choix des fleurs et des invités. On eût dit qu'elle en avait contre le monde entier. Terribles, les scènes qu'elle faisait épuisaient ma mère comme Manijou, l'épouse de mon oncle, et leurs trois filles. Une fois le corps de son frère adoré mis en terre, Shimi s'enferma chez elle. Elle ne voulait plus voir personne.

De sa terrasse, où grimpaient des clématites mauves, elle observait la résidence de Dadash, qui n'était éloignée de la sienne que de quelques centaines de mètres. Cette proximité géographique, qu'elle avait maintenue toute sa vie afin de l'avoir toujours à portée de regard, était la garantie de sa paix intérieure. Lui seul pouvait la rassurer, comme un père aimant, un compagnon plein de sagesse ou une vieille amie. Elle aurait tant voulu que le téléphone sonne et que la voix posée de son frère la console de sa propre mort. Sans secours, elle tomba dans une détresse sans fond. Ma mère, qui avait été obligée de déménager chez Manijou, tenta de l'en arracher. Elle se présenta plusieurs fois à sa porte. Ma tante refusa de la lui ouvrir. Les deux sœurs ne se revirent pas avant le départ de ma mère pour Paris. Elles ignoraient l'une comme l'autre qu'elles ne se reverraient plus jamais.

4

Shimi était née un an et demi après la mort de Mina, dans l'ombre encore présente de ce petit fantôme. Lorsqu'elle avait appris qu'elle était de nouveau enceinte, Malak avait imploré tellement de saints et de saintes pour ne pas perdre l'enfant avant terme et pour que celui-ci soit une fille qu'elle n'aurait su dire à qui elle avait promis quoi en guise de reconnaissance. Elle avait même prévu de se rendre à Qom, au mausolée de Fatima-Masoumeh, une des saintes chiites les plus vénérées, fille de Moussa al-Kazim, le septième imam, et sœur d'Ali ar-Rida, le huitième, à laquelle elle adressait ses prières les plus ardentes pour obtenir la protection de l'enfant. Mais, souffrant de nausées gravidiques, elle ne pouvait se déplacer. Elle promit à la sainte de donner son nom à sa fille.

En attendant, entre deux prosternations, Malak se nourrissait de thé sucré et de grains de raisin, repoussant les assiettes fumantes de ragoût d'agneau aux citrons séchés et à la tomate qu'on lui apportait et dont elle demandait qu'on fasse offrande aux pauvres du quartier, ne doutant pas de s'attirer ainsi la grâce du Très-Haut.

Aussitôt après l'accouchement, elle mit en place un roulement dans la chambre de la petite Masoumeh afin que, de jour comme de nuit, quelqu'un soit en permanence auprès de celle-ci pour vérifier la régularité de sa respiration. On fit venir des mollahs pour réciter le Coran près de son berceau et on fit brûler du *esfand* dans la pièce pour éloigner le mauvais œil et les esprits malfaisants et purifier l'air qui l'entourait. On planta deux pommiers dans le jardin en son honneur.

Dadash n'était pas le dernier à se réjouir de la naissance de cette petite sœur, malgré les douze ans qui les séparaient. Il savait qu'elle ne remplacerait pas Mina, qui avait été son double, mais avec elle la vie revenait dans la maison, et surtout dans le cœur de sa mère. Rien que pour cela, il se devait de la protéger. Bien qu'il ne fût encore qu'un enfant, il se sentait responsable de ces deux êtres.

Il aimait rendre visite au bébé de bon matin pour le regarder gigoter et babiller. Il aimait sa manière de serrer dans sa petite main rose le doigt qu'il lui tendait. Les petites bulles de bave qui pétillaient entre ses lèvres rondes l'attendrissaient. Quand il rentrait de l'école, il allait aussitôt dans sa chambre pour lui raconter sa journée – les yeux de l'enfant s'écarquillaient d'excitation.

Tout le monde s'accordait à dire qu'il avait un effet spécial sur elle. Dès qu'il apparaissait, Masoumeh se tournait vers lui et ne le lâchait plus du regard. Il lui suffisait de la prendre dans ses bras pour qu'elle cesse de pleurer. C'est lui qui recueillit ses premiers sourires et ses premières syllabes. Plus tard, il lui ferait faire ses devoirs. Ma tante soutenait même que c'est à lui qu'elle devait d'être appelée Shimi par tout le monde : comme elle détestait son prénom, qui signifie littéralement « l'innocente, celle qui est épargnée du péché », elle l'avait supplié de lui trouver un surnom qui ne veuille rien dire.

Il n'est pas excessif d'affirmer que mon oncle fut l'homme de sa vie. Shimi ne manqua certes pas de prétendants, mais à ses yeux aucun n'arrivait à la cheville de son frère. Depuis ses dix-huit ans, elle les éconduisait tous, les uns après les autres, à la manière de la princesse Turandot. Sans aller jusqu'à les faire décapiter, elle poussait la cruauté jusqu'à flirter avec eux quelques semaines – elle alla même jusqu'à se fiancer avec deux ou trois d'entre eux. Durant ce laps de temps, elle leur faisait tourner la tête sur les pistes de danse en les entraînant jusqu'au petit matin dans des twists ou des rocks interminables, leur laissant espérer plus que les brefs et chastes baisers qu'ils étaient parvenus à lui voler. Et elle disparaissait.

Rien ne l'amusait plus que de raconter, à son frère, à sa sœur comme à ses amies, le désarroi de ces pauvres soupirants, repoussés au moment même où ils pensaient parvenir à leurs fins.

Quand elle apprit que Dadash avait rencontré à Londres, où il finissait ses études de médecine, une jeune Iranienne de bonne famille, inscrite au Royal College of Art, elle s'arrangea pour rejoindre l'Angleterre. Elle est là, sur toutes les premières photos du jeune couple, à côté de l'un ou de l'autre, le menton relevé, le dos droit, le chignon crêpé à la mode des années soixante, ses mains délicates serrant l'anse de son sac en crocodile, son manteau en tweed à col rond boutonné jusqu'au cou, veillant en chaperon sur la destinée des futurs mariés.

Manijou, la promise, comprit très vite qu'elle devrait s'accommoder de cette sœur envahissante, au visage de poupée et au caractère volcanique, que celle-ci faisait en quelque sorte partie de la dot. Il était dit qu'elle devrait partager son mari avec elle. Elle n'avait d'autre choix que de lui faire une place dans leur ménage. Dès leur retour à Téhéran, Shimi prit un appartement près du leur.

5

Ma mère rentra de Téhéran en portant le deuil. Comme beaucoup de femmes en Orient, elle s'était imposé de le garder au moins quarante jours.

Elle vint dîner chez moi le lendemain de son arrivée. Bien que peu habituée à ce genre d'effusions avec elle, je ne pus résister au besoin de la prendre dans mes bras et de la serrer aussi fort que possible dès qu'elle passa la porte. Je savais pourtant qu'elle n'aimait pas qu'on la touche. Cela ne se faisait pas dans sa famille. « Mon père et ma mère nous déposaient un baiser sur le front une fois par an, pour la fête de Norouz, en nous tendant nos cadeaux, et c'était tout », m'avait-elle un jour déclaré. Le sujet était clos.

Cette justification ne m'avait jamais réellement satisfaite. Comment se faisait-il que ma tante Shimi, qui avait été élevée par les mêmes parents, se jetait sur moi à chacune de nos retrouvailles pour me pétrir comme une boule de pâte à pain et me couvrir de baisers parfumés, qu'elle venait coller à moi son corps chaud et généreux dès que je la rejoignais sur un canapé, qu'elle jouait des heures avec mes cheveux ?

Mon père avait une explication, quant à lui. « Connais-tu les animaux poïkilothermes ? » me demanda-t-il un jour. Je fis non de la tête. « Ce sont les animaux à sang froid, ma Samanou, m'éclaira-t-il alors. Les poissons, les grenouilles, les reptiles sont des animaux poïkilothermes. » Il avait marqué une pause, avant de reprendre, d'un air mystérieux : « Sais-tu que nous avons un poïkilotherme à la maison ? » Comme je le regardais avec des yeux interdits, il désigna ma mère du menton et ajouta à mi-voix : « Ta mère !… Ta mère aussi est un poïkilotherme. »

Tout en l'étreignant maintenant, j'éprouvais la même sensation de transgresser un interdit que lorsque j'étais enfant, la même urgence aussi, car je savais que l'instant fatidique où elle se raidirait, agacée, et se déroberait à moi ne tarderait pas. Elle tira prétexte des cadeaux qu'elle avait apportés à mon fils de quatre ans pour se dégager : il s'agissait d'un affreux gorille à deux têtes et d'un troll tenant une hache ensanglantée, qui ne firent qu'amplifier mon inquiétude à propos de ses capacités de jugement.

À peine assise devant la table basse où j'avais servi l'apéritif, elle se mit à parler de sa sœur et de son coup de folie après la mort de mon oncle. « Elle ne veut plus me parler, mais est-ce que c'est ma faute à moi si Dadash a fait une crise cardiaque ? Est-ce que c'est moi qui lui ai mis toutes ces cigarettes dans la bouche ? » Avec toute l'emphase propre à la langue iranienne, elle poursuivit sa complainte. Qu'avait-elle fait, elle, la pauvre innocente, la laissée-pour-compte de la famille, l'exilée pleurant son pays, pour mériter ça ? Cette sœur enragée n'avait donc pas de cœur ? Ne voyait-elle pas que la douleur la consumait elle aussi, cette égoïste, cette princesse pourrie-gâtée ?

Toute à sa logorrhée, elle avait comme oublié notre présence et vidait ses verres de vin blanc comme si elle buvait de l'eau tout en tirant nerveusement sur sa cigarette électronique, derrière les bouffées de laquelle elle disparaissait parfois entièrement. Comme nous ne parvenions pas à la calmer en lui assurant que tante Shimi reviendrait bientôt à la raison, je proposai que l'on passe à table. Ma mère saisit son verre de vin et se posa devant son assiette en décrétant qu'elle n'avait pas faim. Telle était son habitude : chez moi, elle n'avait jamais faim. Comme je ne suis pas mauvaise cuisinière, j'avais fini par croire que c'est moi qui lui coupais l'appétit.

Elle s'était tue à présent. Assise devant son assiette vide, elle nous regardait manger comme si nous n'étions pas tout à fait là, ou plutôt comme si elle nous voyait de loin, d'en haut précisément.

Elle était souvent ainsi, comme en retrait du monde et des êtres qui le peuplent – comme absente.

Cela tenait sans doute, pour partie, aux circonstances de sa conception, qui s'était faite dans l'indifférence générale, tout le monde étant alors encore occupé à célébrer la naissance de sa sœur aînée. Malak, qui allaitait cette dernière, se croyait préservée d'une nouvelle grossesse jusqu'au « retour de couches ». Aussi quelle ne fut pas sa surprise quand elle comprit qu'elle était de nouveau enceinte ! Quel ne fut pas son désespoir aussi ! À peine se relevait-elle d'un accouchement qu'un autre se présentait. Seul mon grand-père se félicitait de l'« heureux événement ». Batuk rêvait en effet secrètement d'avoir un autre garçon, qui assurerait définitivement la lignée et perpétuerait son nom pour le cas où il arriverait malheur à son fils aîné. Il pria Dieu chaque jour pour qu'Il exauce son vœu. Le Miséricordieux avait donné une fille à sa femme, Il pouvait bien maintenant lui donner un fils. Quand on lui apprit que Malak venait de donner naissance à une fille, il en fut à ce point mortifié qu'il refusa de voir la nouveau-née et persista à l'ignorer durant plusieurs jours jusqu'à ce que ma grand-mère menace de le quitter s'il continuait à manquer de respect envers ce cadeau inattendu de Dieu.

Celle-ci, qu'on prénomma Zahra, ne fut ainsi désirée par aucun de ses parents. Ils durent le lui faire sentir, à leur insu. Toute sa vie, Zahra se fit discrète, par peur d'être de trop. Elle passa son enfance dans l'ombre de sa sœur, la solaire Shimi, qui prenait toute la lumière, et plus tard dans l'ombre de son mari, mon père.

Alors que la plupart des hommes et des femmes s'efforcent autant que faire se peut d'être acteurs de leur destin, elle se comportait dans l'existence comme une figurante, sans rôle bien défini. D'ailleurs, une de ses expressions favorites était « dans une autre vie » : « Dans une autre vie, j'aurais su jouer du piano », « Dans une autre vie, je n'aurais pas eu d'enfants », « Dans une autre vie, j'aurais eu une maison au bord de la mer », comme si celle qu'elle menait n'était pas exactement la sienne, mais une période transitoire, une antichambre à la vraie vie.

6

Les semaines passaient, mais ma tante Shimi ne donnait toujours pas de nouvelles à ma mère, qui semblait se résigner à ce silence, même si elle en souffrait. Elle avait sorti de la boîte contenant les photos de famille tous les portraits de Dadash pour sélectionner ceux qu'elle avait pour projet d'encadrer. Ne parvenant pas à choisir, elle se contentait la plupart du temps de les contempler longuement, assise par terre, au milieu de dizaines de clichés éparpillés autour d'elle.

Ses problèmes de mémoire ne s'arrangeant pas, le gériatre qu'elle avait consulté lui avait prescrit des séances chez une orthophoniste, séances que ma mère prenait très au sérieux. Deux fois par semaine, elle se rendait au cabinet d'une jeune praticienne de son quartier pour lire des listes de mots regroupés par thèmes, qu'elle devait noter et mémoriser : les fruits et légumes, les outils, les ustensiles de cuisine, les moyens de transport, les plantes, les animaux marins, etc.

Fondé sur la suspicion d'aphasie primaire progressive, le travail en orthophonie était essentiellement axé sur le langage, mais, au quotidien, les vrais problèmes de ma mère consistaient surtout à retrouver ses lunettes, se rappeler où elle avait posé son téléphone ou rangé son rouge à lèvres, savoir si elle avait retiré de l'argent ou répondu au message d'une amie. Réciter la liste des agrumes et connaître leur orthographe n'était donc pas vraiment d'une grande utilité, malgré son assiduité et toute la motivation qu'elle y mettait.

À ces difficultés s'ajoutèrent bientôt les chutes.

« Je suis tombée dans la rue, me dit-elle un jour au téléphone.

– Comment ça, tombée ? Tu as glissé sur quelque chose ? Tu as manqué une marche ? Quelqu'un t'a bousculée ?

– Non, je suis tombée comme ça, de tout mon long.

– Tu n'avais pas tes lunettes ? Tu as fait un malaise ? »

Je ne comprenais pas comment on pouvait soudain se retrouver de la position verticale à la position horizontale en pleine rue et en plein jour.

« Je ne sais pas ce qui m'est arrivé, reprit-elle. Heureusement, un monsieur très gentil m'a relevée et m'a aidée à m'asseoir sur un banc pour reprendre mes esprits. Ce n'est pas grave, tout va bien, je t'assure. Je ne me suis rien cassé, c'est le plus important. »

Je n'étais pas du tout convaincue que ce ne fût pas grave, d'autant qu'elle tomba de nouveau. Aussi, je la pressai de reprendre rendez-vous avec le gériatre qui la suivait pour lui en parler. Malgré ses objections, j'insistai pour que mon frère et moi l'accompagnions cette fois-ci.

Ledit gériatre était un sexagénaire bedonnant, au sourire suffisant, dont le regard semblait littéralement nous traverser. Il se tint une bonne demi-minute silencieux face à nous, assis derrière son bureau, comme si nous n'étions pas là. Je me mis à tousser pour lui signifier notre présence. Il sursauta.

« Qu'est-ce qui vous amène ? » demanda-t-il alors.

Je lui fis part de notre inquiétude au sujet des chutes récentes de ma mère. Il écarta les mains avec une moue fataliste. C'était lié à l'âge, selon lui. En vieillissant, il arrive de temps à autre qu'on perde l'équilibre. Il n'y avait pas lieu de s'inquiéter.

« Les jeunes enfants tombent souvent, eux aussi, après tout. Est-ce qu'on s'en inquiète ? Hein ? » ajouta-t-il en se penchant vers nous.

Il afficha la même désinvolture à propos des tremblements de ma mère. Tournant le regard vers elle, il lui demanda si ceux-ci la gênaient dans le quotidien. Elle rosit un instant, puis secoua la tête.

« Non, pas vraiment, lui répondit-elle. Non… je dirais même pas du tout… Je crois qu'on est venus vous déranger pour rien. »

Mon frère et moi la regardâmes éberlués. Au lieu de répondre sincèrement à la question, elle était en train de faire du *ta'ârof*, cet art de la politesse typiquement iranien qui consiste à se montrer agréable envers autrui en toute circonstance, le plus souvent en lui exprimant le contraire de ce que l'on souhaite, comme refuser un morceau de gâteau alors qu'on meurt de faim, un service alors qu'on est aux abois ou de l'argent alors qu'on est à la rue, étrange et complexe forme de déférence qui vous met dans l'embarras le plus extrême dès lors que votre interlocuteur en ignore les règles et prend ce que vous lui dites pour argent comptant, ce que ne manqua pas de faire le médecin, qui, visiblement satisfait par la réponse de ma mère, s'exclama d'un air triomphant : « Eh bien voilà ! Tout va très bien ! », avant de se lever et de nous pousser vers la porte.

Tandis que nous lui tenions chacun un bras pour l'aider à traverser la cour pavée de l'hôpital, ma mère arborait l'air satisfait et serein d'une femme du monde ayant rempli à la perfection ses devoirs de courtoisie.

« J'aime bien ce docteur, disait-elle en marchant à petits pas sur ses escarpins. Il est franc, pas du tout alarmiste. Il me rassure. Il me fait penser à cet acteur… Comment s'appelle-t-il déjà ? Mais si ! Le comique, là, celui qui est chauve avec les yeux tout rapprochés et qui pousse de petits cris aigus de porcelet quand il est excité !… Oh, et puis zut ! Je ne me souviens plus d'un seul nom propre, c'est agaçant à la fin. »

Elle s'arrêta soudain de marcher et nous regarda l'un après l'autre. « Si j'avais un Alzheimer, il me l'aurait dit, non ? »

Et elle partit d'un rire enfantin dont la fraîcheur chassa, comme par enchantement, nos pensées les plus sombres.

Le corps médical ne nous étant pas d'un grand secours, je me tournai vers les services sociaux de la mairie pour y chercher de l'aide. Ma mère et moi fûmes assez vite reçues par une assistante sociale, à laquelle je fis part de mon inquiétude à propos des chutes inexpliquées de ma mère, qui vivait seule de surcroît, à une heure de chez moi comme de chez mon frère. C'était une jeune femme très compréhensive, qui nous proposa un système de bracelet électronique relié à une centrale d'assistance. En cas de chute, le bracelet se mettait à sonner, et la famille comme les pompiers étaient immédiatement alertés. Je m'étais toujours figuré que ce genre de dispositif était réservé à des personnes grabataires ou lourdement handicapées. Imaginer ma mère, qui était encore tout à fait valide, portant un tel appareil autour du cou ou du poignet me semblait de la plus grande incongruité. Il me fallait cependant admettre que ce moyen était le seul à même de nous rassurer, mon frère et moi. Restait à savoir si ma mère allait accepter de porter cet étrange bijou. Je me tournai vers elle pour la sonder. Elle souriait béatement à l'assistante sociale. Je compris alors qu'elle se comportait exactement comme devant le gériatre, qu'elle était plus soucieuse de paraître aimable et prévenante aux yeux de son interlocutrice que préoccupée par son propre sort. Elle était capable d'acquiescer à toutes les propositions qui lui seraient faites à seule fin de ne pas froisser la jeune femme, même s'il était évident qu'elle n'accepterait jamais de porter un tel bracelet, qu'elle jugerait probablement de la plus haute laideur et qui risquerait d'altérer l'harmonie de ses tenues élégantes et soignées.

7

DES MOIS DURANT, ma mère ne reçut que des nouvelles indirectes de sa sœur, notamment par l'intermédiaire de quelques amies communes, avec lesquelles elle conversait pendant des heures sur Skype. Toutes ces dames, d'âge respectable désormais, vivaient loin les unes des autres, dispersées aux quatre coins du monde par la Révolution islamique, après avoir passé toute leur insolente jeunesse à arpenter les larges trottoirs de l'avenue Ferdowsi, vêtues de minijupes et de chemises à col Claudine, leurs cheveux, crêpés et gonflés comme de la barbe à papa, formant au-dessus d'elles de surnaturels chignons, affranchis des lois de la gravité grâce à des quantités phénoménales de laque Elnett et d'épingles *bobby pins*. De ces années lointaines, outre une espièglerie irrévérencieuse d'adolescentes, elles avaient conservé les surnoms chics et romantiques qu'elles s'étaient donnés : Mina, Noushin, Mahtab, Firouzeh, en lieu et place de Fatemeh, Akram, Sakineh et Zeinab.

Ma mère s'était choisi celui de *Roya*, qui signifie « rêve » en persan, et qui lui allait à la perfection : il évoquait cet état de demi-conscience qui était déjà le sien à l'époque, cette manière d'errer dans le monde comme dans un songe éveillé, cette sorte de présence flottante, un peu vaporeuse, qui ne cesserait jamais de la caractériser.

Sa santé se dégradant au fil des mois, je jugeai nécessaire, malgré leur brouille, d'en informer tante Shimi. Celle-ci se montra bouleversée par la description que je lui fis de l'état de sa sœur et, oubliant leur fâcherie (qui n'était pas de son fait, m'assura-t-elle, et dont elle souffrait atrocement depuis des mois), elle se jura de venir dès que possible la soutenir dans cette épreuve. Il n'y avait qu'un écueil à ce projet : la vaste entreprise de rénovation dentaire dans laquelle elle venait malencontreusement de se lancer, un chantier colossal comprenant quatre implants de molaires et un bridge, qu'elle ne pouvait malheureusement ajourner à cause de l'agenda surchargé de son dentiste, qui était le spécialiste le plus réputé de Téhéran. « Si j'annule mes rendez-vous, ça repousse tout à au moins deux ou trois ans », soutenait-elle. Mais dès que toutes ces interventions seraient terminées, dans quelques semaines, deux ou trois mois, pas plus, six-sept, peut-être huit grand maximum, elle sauterait dans le premier avion. Savoir sa petite sœur si mal en point lui crevait le cœur. Après tout, elle était la personne qu'elle chérissait le plus au monde.

Malgré le peu d'empressement qu'elle manifestait à venir à Paris, je ne doutais pas de la sincérité de sa peine ni de ses sentiments sororaux. Dès leur plus jeune âge en effet, Masoumeh et Zahra avaient été élevées comme des jumelles. Afin que l'anxieuse Malak puisse les avoir à chaque instant toutes les deux sous les yeux, on ne les séparait jamais. Elles partageaient la même chambre, devaient jouer aux mêmes jeux, avoir les mêmes amies, pratiquer les mêmes activités, se lever, se laver, manger et se coucher à la même heure, etc.

Malak, qui vivait dans la hantise des bactéries, des virus, des microbes et des germes depuis qu'une méningite foudroyante avait emporté sa petite Mina, exerçait également sur elles la même surveillance maniaque. Elle leur imposait de se laver les mains cent fois par jour et, lorsqu'elles quittaient la maison, interdiction leur était faite de toucher à quoi que ce soit, quand bien même on les obligeait à porter de fins gants blancs. Elles ne se rendaient pas à l'école à pied, mais en taxi, comme à leurs cours de tennis et de guitare. On leur interdisait le vélo.

Dans l'esprit angoissé de leur mère, la mort était partout, à chaque coin de rue, en haut de chaque escalier, devant chaque fenêtre, sur chaque aliment même, et jusque dans l'air qu'on respirait, où traînaient toujours quelques miasmes délétères. Elle ne cessait d'ailleurs de le rappeler à ses filles : « Ne courez pas ! Vous allez tomber ! », « Ne vous baignez pas ! Vous allez vous noyer ! », « Ne sortez pas ! Vous allez prendre froid ! », « Ne mangez pas de fruits pas lavés, ils vous empoisonneront ! »

Cette psychose maternelle laissa des traces chez les deux petites filles. Masoumeh avait peur de tout. Quand elle devait se rendre aux toilettes, dont la lucarne donnait sur le jardin, elle exigeait que sa nounou y traque le moindre insecte, puis, s'il y en avait un, lui en présente de loin les restes écrabouillés. Elle ne pouvait ouvrir une armoire sans trembler. Il fallait qu'on tire entièrement les draps du lit et les inspecte avant qu'elle ne s'y couche. Elle hurlait à chaque porte qui claquait. La nuit, elle entendait des fantômes marcher dans le corridor.

Zahra semblait plus téméraire. C'est elle qui passait devant, le soir, quand il fallait regagner la chambre, ou écrasait l'araignée qui filait sur un mur. Elle se portait volontaire pour aider les petites bonnes à descendre dans l'immense cave sombre les bocaux de condiments au vinaigre ou les paniers d'amandes fraîchement émondées. Mais cette frayeur constante pour sa progéniture devait être aussi la sienne. Elle s'installa en elle le jour de ma naissance et ne la quitta plus, s'accroissant même à l'arrivée de mon frère. Durant toute notre enfance, elle redouta tout pour nous, de la mort subite du nourrisson à la méningite, de la péritonite aiguë à la pneumonie, de la mucoviscidose à la myopathie. Quelques minutes de retard, et nous avions été renversés par une voiture ou enlevés par un pédophile. Quand nous fûmes devenus adultes, elle était capable de nous téléphoner plusieurs heures de suite, sans discontinuer, jusqu'à ce que nous décrochions le combiné. Dans ces moments-là, l'hypothèse que nous étions sortis voir des amis ou simplement faire des courses n'était pas concevable – absents, nous étions morts.

D'une certaine façon, les deux sœurs rejouaient un drame ancien qu'elles n'avaient pas vécu, mais dont l'écho résonnait encore en elles : l'une incarnait Mina, la sœur morte, et l'autre Malak, la mère inconsolable.

8

En définitive, l'apparente gémellité des deux sœurs était trompeuse : elles n'étaient pas le double l'une de l'autre, mais son contraire, comme les deux faces d'une même pièce. Masoumeh était aussi pétulante que Zahra était réservée. L'une prenait la lumière quand l'autre cherchait l'ombre. Cette dissemblance aurait pu les éloigner – elle les rapprochait. L'une trouvait dans l'autre ce qui lui manquait. Jusqu'au mariage de ma mère avec mon père, elles ne se quittèrent pas.

Dans l'Iran du début des années soixante, sous le règne de Mohamad-Reza Pahlavi, un vent de modernité soufflait sur le pays, qui les emportait toutes les deux dans son tourbillon. La culture américaine s'imposait à Téhéran et dans les grandes villes, faisant fleurir les dancings, les coffee-shops et les drive-in. La jeunesse dorée dansait le twist, les jeunes femmes portaient des minijupes, buvaient des cafés glacés aux terrasses du California ou du Palladium, se trémoussaient sur les tubes d'Elvis Presley et de Dean Martin et rêvaient de ressembler à Audrey Hepburn. Les plus audacieuses s'affichaient avec les yeux redessinés à l'eye-liner, façon *cat eyes*, les paupières fardées et les cils immensément recourbés avec du *cake mascara*, épais et compact, qui donnait à leur visage des airs de poupée en silicone. Au lycée, le grand jeu était d'échapper aux foudres des surveillantes, qui les poursuivaient régulièrement jusque dans les recoins de la cour de récréation, armées de coton et de lait démaquillant, en les menaçant de mesures disciplinaires ou même d'expulsion.

Étonnamment, Malak ne s'offusquait pas du mode de vie émancipé de ses filles. Jamais elle ne tenta de les assujettir aux règles strictes qu'elle suivait en matière de religion. Sa pratique de l'islam était une affaire intime, un choix volontaire, qui ne lui venait de personne et qu'elle ne s'imaginait pas imposer à quiconque. Pour elle, la foi devait répondre à un appel, non à une contrainte. Elle avait d'autre part suffisamment souffert au cours de son enfance pour s'autoriser à pourrir leur jeunesse avec des prescriptions de vieille bigote.

Malak était la dernière fille de Saremi Kahn, un riche seigneur de Qazvin qui occupait une vaste demeure traditionnelle, à un étage, construite par ses soins sur le modèle du pavillon royal du shah Tahmasp 1er. Saremi Kahn vivait heureux auprès de sa femme, Nasrin Banou, et de leurs quatre filles : Fakhri-Taj, Afagh-Taj, Robabah-Taj et Malak-Taj. Il n'avait qu'un seul souci, depuis des années : sa sœur cadette.

Ziba Khanoum avait certes fait un beau mariage : Ahmad Amin Doleh, son époux, était ministre des Comptes publics du roi Mohammad Ali Chah. Mais un mal la rongeait, plus douloureux mois après mois : Ziba Khanoum n'arrivait pas à avoir d'enfant. Elle avait beau suivre à la lettre les préceptes diététiques de tous les médecins, lever les jambes et le bassin après chaque rapport, multiplier les prières à sainte Fatemeh, ingurgiter toutes les potions des guérisseuses, se faire palper par toutes les sorcières du pays, rien n'y faisait : son ventre restait désespérément plat.

Son frère, qui la voyait dépérir de chagrin et craignait qu'elle ne fût répudiée par son ministre de mari, grâce auquel il avait accès à la Cour, se demandait chaque jour comment la rendre féconde. Il alla jusqu'à la conduire en Europe, auprès d'éminents spécialistes, puis l'accompagna faire des cures thermales, censées favoriser la fertilité. En vain.

En désespoir de cause, et passant outre l'interdiction de recourir à toute forme de superstition édictée par le Prophète lui-même, Saremi Kahn poussa un soir la porte de la vieille Hadji, qui, disait-on, voyait dans les lignes de la main et le marc de café tout ce que Dieu, et même le diable, avaient déterminé pour chacun, et ce dans les moindres détails.

L'endroit où la sorcière recevait était une pièce sombre et humide, au sol de terre battue, aux murs recouverts d'ex-voto, de prières calligraphiées et de miroirs dissimulés derrière des voiles de tissu pour conjurer le mauvais œil. Il flottait dans l'air une odeur étouffante d'*esfand* et de soupe de lentilles, ainsi que de beurre rance et d'ail. Comme on lui avait dit que la vieille ne se lavait pas et ne changeait jamais la robe qu'elle portait sous son tchador noir, Saremi Kahn avait glissé dans une de ses poches un mouchoir aspergé d'eau de rose qu'il appliqua aussitôt sur son nez en arrivant.

Hadji le fit asseoir sur un tapis crasseux et élimé et lui demanda la raison de sa venue. Il lui parla de sa sœur et de ses difficultés à concevoir. Il voulait savoir ce que le Très-Haut avait prévu pour elle : était-ce irrémédiable ou l'espoir était-il permis ? La sorcière alla préparer un café à la turque et le fit boire à son visiteur, avant de retourner la tasse sur sa soucoupe. Elle observa ensuite longuement les dessins énigmatiques qui s'y étaient formés. Saremi Kahn pressait de plus en plus fort le mouchoir sur son nez.

Enfin la vieille prit un air inspiré. Elle voyait bien une cigogne, présage de conception, mais l'oiseau avait une aile et une patte brisées. L'enfant ne serait pas viable. Saremi Kahn était désespéré. Était-elle sûre de sa prédiction ? Hadji ajouta du café dans la soucoupe et la fit plusieurs fois tourner sous ses yeux. Elle voyait maintenant deux cigognes. Saremi Kahn reprit espoir. « Un autre enfant ? » hasarda-t-il. Sans lui répondre, l'autre poursuivait son examen. De temps à autre, elle fermait les yeux et grimaçait. Un moment, elle observa les parois de la tasse, munie d'une loupe. En définitive, sa sœur aurait bien un enfant, mais sans lui donner naissance. « Par quel miracle ? » s'enquit Saremi Kahn. Ce serait l'enfant d'une autre, l'éclaira la sorcière, d'une femme qu'elle connaissait. Elle tendit jusqu'à lui la soucoupe et lui en désigna le centre, où apparaissait distinctement un mim, le *m* dans l'alphabet arabe. « Voici la première lettre de son prénom », ajouta-t-elle.

C'était tout. Saremi Kahn paya et sortit. Tandis que, capote relevée pour ne pas être vu, il traversait la ville dans son cabriolet, qu'il menait lui-même, il sentit peu à peu son sang se glacer dans ses veines.

Les révélations de la vieille Hadji faisaient à présent sens dans sa tête : ce qu'elle venait de lui dire, c'est que Dieu lui demandait de donner l'une de ses filles à sa sœur, celle dont le prénom commençait par un *m* – Malak-Taj !

À peine rentré chez lui, il se jeta sur son tapis de prière et pressa sa tête contre le *mohr-e namâz*, la pierre du musulman, en implorant Dieu de le dispenser d'un tel sacrifice. Celui-ci ne pouvait pas être si cruel et lui arracher la chair de sa chair ! Il avait peut-être mal compris ce que lui disait la sorcière, après tout. Mais il avait beau tourner et retourner ses paroles, il en revenait à la même conclusion. Il se mit à sangloter sur son tapis. Il savait qu'on ne pouvait se soustraire à la volonté du Très-Haut sans provoquer Son courroux. Il n'avait d'autre choix que de s'y soumettre.

C'est ainsi que, par une fraîche matinée de fin d'été, entra dans la cour de Saremi Kahn une élégante victoria, attelée de deux superbes chevaux blancs. Ses quatre petites filles, qui jouaient autour du grand bassin en s'aspergeant les unes les autres avec des cris aigus sous les remontrances vaines de leur nourrice, s'interrompirent. Vêtue d'un boléro d'hermine blanc, Ziba Khanoum descendit gracieusement de la voiture, aidée par son cocher.

Saremi Kahn était sorti précipitamment de son petit palais pour l'accueillir. Le frère et la sœur échangèrent quelques mots à voix basse, puis celui-ci, s'étant retourné, demanda à la nourrice de lui amener Malak. La jeune enfant, qui malgré ses trois ans avait déjà un caractère très affirmé, refusa de quitter ses sœurs. La nourrice lui prit la main et l'entraîna de force vers la voiture. Mais la fillette parvint à lui échapper et alla se blottir contre sa plus grande sœur.

Exaspéré, Saremi Kahn se précipita à grandes enjambées vers sa fille et la souleva de terre. La petite se débattait de toutes ses forces entre ses bras. Sourd à ses cris et à ses pleurs, il la porta jusqu'aux pieds de Ziba Khanoum. Celle-ci s'accroupit devant elle et, tout en pinçant sa robe de cotonnade claire, encore tachetée d'eau, lui dit d'une voix douce : « Te souviens-tu du perroquet vert et rouge que j'ai à la maison ? Eh bien, je te propose d'aller lui donner des graines et de lui apprendre de nouveaux mots. Il te réclame, tu sais. Tu es sa petite fille préférée. Il ne veut parler à personne d'autre que toi, *azizam.* » L'enfant, qui avait cessé de pleurer, écoutait sa tante avec méfiance, se demandant sans doute ce que dissimulait un tel traitement de faveur. Elle se tourna vers son père, dont le visage pâle et fermé ne lui fut d'aucun secours.

« Je ne veux pas y aller », lâcha-t-elle soudain en sanglotant de nouveau.

Saremi Kahn, perdant patience, la saisit sous les bras et la hissa jusque sur la banquette de la victoria, où sa tante la rejoignit aussitôt. La petite Malak s'était figée, ouvrant de grands yeux terrifiés. Saremi Kahn fit signe au cocher, qui fouetta les chevaux. La voiture s'ébranla, puis franchit le portail. Saremi Kahn avait les traits décomposés. Dans son dos, ses trois filles restantes se tenaient par la main, serrées les unes contre les autres, pétrifiées. Redevenue étale, l'eau verte du bassin s'animait des arabesques rouges qu'y dessinaient les poissons. Plus loin, dans l'encadrement d'une fenêtre, au premier étage de la maison, se distinguait la silhouette d'une femme dont le visage était à demi dissimulé par un mouchoir. Quand la voiture eut disparu, elle tira les rideaux devant elle. On entendit un long hurlement.

9

La main gauche de ma mère tremblait de plus en plus. Elle semblait animée d'un mouvement propre, comme si elle s'était affranchie du corps auquel elle appartenait, pour mener à présent une vie autonome. Elle me faisait penser à ces jouets mécaniques déréglés, pantins, robots ou petites voitures, qu'on n'arrive plus à éteindre et qui continuent à tourner dans la pièce.

Les défaillances de sa mémoire se multipliaient également. Elle oubliait ses mots de passe, ses codes, laissait les casseroles brûler sur le feu, les plats carboniser dans le four, les produits surgelés dégeler dans son cabas, le linge moisir dans la machine à laver, sortait de chez elle sans éteindre la lumière, la musique, le poste de télévision, ni fermer les fenêtres. Elle oubliait encore de tirer la chasse d'eau ou de vider sa baignoire.

Un jour que je lui rendais visite, je la trouvai assise par terre sur le palier de son appartement, au milieu du contenu éparpillé de son sac à main, tapant rageusement le sol avec son poing. Elle ne trouvait plus sa clef. Quand je voulus l'aider à se relever, elle me repoussa vigoureusement. Elle n'avait pas besoin de moi, elle y arriverait très bien toute seule. Je me penchai pour chercher sa clef, elle m'écarta d'un geste brusque. Elle la trouverait elle-même et ouvrirait elle-même sa porte. Je la laissai faire. Par ces refus successifs, je comprenais qu'elle voulait me signifier qu'elle n'était pas encore dans un état de dépendance et qu'elle pouvait encore parfaitement accomplir tous les actes de la vie courante sans aucune assistance.

Une fois chez elle, elle se laissa choir sur son canapé et me dit qu'avant de sortir elle avait déjà passé une heure à chercher cette foutue clef.

Je lui fis part de mon inquiétude. Ses problèmes de mémoire empiraient. Nous devrions peut-être retourner voir le gériatre. « Je n'ai pas tout oublié, tu sais, se défendit-elle. Je me rappelle de choses qui se sont passées il y a plus de cinquante ans. Hier, par exemple, je me suis souvenue de Kourosh… Je t'ai déjà parlé de Kourosh ? Non ! Si ? Ah bon ! » Et, ajoutant à mes craintes sans en avoir conscience, elle ajouta : « Je n'ai pourtant pas le souvenir de t'en avoir parlé… »

Avant de rencontrer mon père, ma mère avait aimé un autre homme. Contrairement à elle et à tous les jeunes gens qu'elle fréquentait à cette époque, Kourosh n'était pas inscrit à l'université. Il travaillait déjà, secondant son père dans la concession de voitures de luxe de marques européennes et américaines que ce dernier possédait sur une des avenues les plus huppées de Téhéran. Roya (puisque c'est ainsi que Zahra se faisait appeler désormais) aimait son sérieux, son sens des responsabilités, sa maturité, autant de qualités qu'elle ne trouvait pas chez les étudiants qu'elle côtoyait, qui ne pensaient qu'à s'amuser et faire la fête.

Tous les vendredis, Kourosh venait la chercher dans une Mercedes cabriolet dont il sortait aussi souplement qu'un chat pour gravir en sautillant les quelques marches du perron. Après avoir été invité à entrer, il déposait pour Malak un bouquet d'œillets ou une boîte de confiseries fines sur le guéridon du vestibule et attendait patiemment que Roya fasse son apparition.

Celle-ci s'empressait de rajuster son chignon et de lisser une dernière fois les plis de sa robe tunique en soie sauvage, gansée de dentelle. Elle avait pour habitude de coudre elle-même ses tenues, trouvant que le prêt-à-porter ne rendait pas justice aux proportions harmonieuses de son corps, à l'exception de son nez, objet pour elle d’une éternelle désolation et qu’elle se jurait de faire raboter dès qu’elle en aurait l'occasion.

Durant les longs mois où ils se fréquentèrent, elle espéra que Kourosh la demanderait en mariage. Elle n’imaginait pas vivre sans lui. Il était devenu le centre de son monde. Elle pensait à lui nuit et jour, s’émerveillant de chaque détail de son corps, des petits plis qui se formaient autour de ses yeux clairs quand il souriait au soyeux de ses cheveux.

Un jour qu’ils étaient attablés dans un café chic de l’avenue Ferdowsi, Kourosh prit un air grave. Il voulait aborder avec elle un sujet de la plus haute importance. Le cœur de Roya battit plus fort. Elle se sentit rougir. Elle était certaine qu’il allait la demander en mariage. Il s’agissait bien de mariage, en effet, mais pas avec elle. Il avait rencontré une autre femme. Le sang reflua des joues de Roya aussi vite qu’il y était monté. Ses lèvres devinrent aussi pâles que la tasse en porcelaine qu’elle portait à ses lèvres quelques instants plus tôt.

« Tu l’aimes ? lui demanda-t-elle.

– La question n’est pas là, lui répondit-il.

– Comment ça, la question n’est pas là ?

– C’est un bon parti.

– Tu vas te marier par intérêt, c’est ça ?

– Pas par intérêt, par pragmatisme. »

Selon lui, les sentiments amoureux finissaient toujours par s'étioler avec le temps. À la fin, il n'en restait rien. L'argent, lui, fructifiait. Se marier par amour était le meilleur moyen de rater sa vie.

« Essaie, toi aussi, de faire un beau mariage. C'est le conseil que je te donne. Tu ne le regretteras pas. »

Roya se leva et quitta la table sans un mot. Elle éclata en sanglots dès qu'elle fut dehors. Elle marcha des heures durant parmi les rues sans jamais cesser de pleurer. Elle ne savait pas où elle allait, où elle était. Les larmes lui brouillaient la vue. Elle manqua plusieurs fois de se faire renverser par une voiture, un autobus, une moto. Pas une seule fois elle ne sursauta, ne s'arrêta ni ne s'écarta. Elle n'avait pas peur de mourir. Elle voulait mourir.

Au cours des semaines qui suivraient, elle apprendrait l'identité de cette jeune femme, dont la famille était effectivement fortunée. Elle apprendrait également que Kourosh l'avait fréquentée en même temps qu'elle. Il venait la chercher elle aussi en voiture pour l'emmener au cinéma, puis au restaurant. En fait, durant plusieurs mois, il s'était livré à une sorte de test comparatif entre les deux jeunes femmes. Puis il avait tranché pour la plus riche.

10

Mon père fit la connaissance de ma mère quelques mois plus tard, sur les bancs de l'université, où elle étudiait comme lui les sciences économiques. Elle était accompagnée de Bibi, sa meilleure amie, qui avait su la consoler après sa rupture avec Kourosh. Aussitôt ces trois-là se furent-ils rencontrés que se forma entre eux un étrange triangle amoureux : Bibi tomba amoureuse de Behrouz, qui tomba amoureux de Roya, qui l'ignora.

L'indifférence qu'elle lui témoignait était d'autant plus incompréhensible à mon père qu'il jouissait au sein de la faculté d'une immense popularité. Il était beau, séducteur, intelligent et drôle. Ses opinions politiques, très marquées à gauche et qu'il ne cachait pas, le nimbaient au surplus d'une aura subversive. Son charme pourtant n'opérait pas sur Roya. Il lui glissait dessus comme la pluie sur les plumes d'un canard. Dans ce vaste public qu'était le monde pour mon père, elle était la seule à ne pas rire à ses jeux de mots, à ses imitations ou à ses potacheries.

Quand je demandais à mon père ce qui l'avait tant séduit chez elle, il me répondait que c'était avant tout son étrangeté. Roya n'était pas comme les autres, elle semblait venir d'ailleurs. Avec sa peau pâle, ses manières discrètes, il l'avait du reste prise pour une Européenne. Elle n'avait en tout cas rien d'une Iranienne. Elle était dénuée de l'exubérance tout orientale de ses condisciples, cette manière de parler fort, de rire haut, de s'étreindre ou de se tourner le dos à tout bout de champ, ce goût pour la dramatisation permanente. Il ne trouvait pas non plus chez elle d'hypocrisie, de faux-semblants, de calcul. Elle se tenait éloignée des commérages, des papotages, qui bruissaient continuellement dans tous les couloirs et tous les amphithéâtres de l'université. Elle semblait flotter au-dessus.

Bien décidé à l'épouser, Behrouz se lança alors dans une entreprise de séduction qui confina très vite au harcèlement. Plus la jeune femme se montrait insensible à son égard, plus il insistait. Il lui offrait des livres, lui écrivait des poèmes, la suivait comme une ombre. Bien qu'il devinât que celle-ci en pinçait pour lui, il alla plusieurs fois jusqu'à demander à Bibi de plaider sa cause auprès de l'indifférente. La pauvre fille, qui ne voulait surtout pas lui déplaire, s'acquittait de cette mission à contrecœur, avec l'impression douloureuse de contribuer à son propre malheur.

Enfin, après des mois de harcèlement, Roya finit par céder. « Il m'avait littéralement épuisée », me confia-t-elle un jour.

Convaincu qu'il avait trouvé la femme de sa vie, Behrouz décida de la présenter sans plus tarder à ses parents. Un déjeuner fut donc organisé. Devant l'enthousiasme de son fils, Rosa, ma grand-mère, sortit cristal et argenterie et établit un menu français, digne de fiançailles, composé de vol-au-vent, de canard à l'orange et de bavarois au chocolat. Intimidée, Roya n'avait toutefois accepté l'invitation qu'à la condition d'être accompagnée par Bibi. Elle redoutait d'être au centre de l'attention. Son amie saurait la détourner vers elle. Elle ferait la conversation à sa place.

La présence de Bibi eut un effet inattendu. Éblouie par sa grâce, sa blondeur lumineuse, la chaleur de ses salutations, puis la vivacité de son esprit à table, ma grand-mère la prit pour la promise durant une bonne partie du repas. À aucun moment, l'idée que la créature muette, à la maigreur effrayante, à la mine renfrognée et au nez semblable à un bec d'oiseau, qui l'accompagnait fût sa future belle-fille ne l'effleura. Quand elle comprit sa méprise, elle en fut consternée, abasourdie, médusée. Qu'est-ce que son merveilleux fils pouvait bien trouver à une chose pareille ? Dans le fond, je crois que ma grand-mère ne se remit jamais complètement de cette déception. À ses yeux, Roya ferait toujours un peu figure d'usurpatrice.

Abi, mon grand-père, était bien moins sévère. Cette jeune fille réservée, mal à l'aise, l'intriguait. Au contraire de sa femme, qui l'ignora superbement jusqu'au dessert, il s'efforça de converser avec elle. Même si elle se sentait intimidée par cet homme charismatique au faux air d'Anthony Quinn, ancien membre du parti laïque et nationaliste du Premier ministre Mohammad Mossadegh et proche de ce dernier, son ton doux, distingué et charmeur, mais aussi son costume élégant, ses chaussures anglaises, sa cravate impeccablement nouée, la mirent peu à peu en confiance. Bien qu'elle s'exprimât peu, il semblait la comprendre. Elle se détendit. Il finit même par lui arracher un sourire.

Pour exprimer son assentiment à cette union, il se leva, un verre à la main, pour porter un toast, et récita ces vers du grand Hâfez :

Tu ne sais pas ce qu'est l'amour,
Il te faudra être intrépide
Et connaître tout le parcours,
Si tu veux être un guide
À l'école de vérité, auprès du professeur Amour,
Tâche, Ô mon fils, de mériter
D'être comme ton père un jour.

À part moi, à qui elle en ferait l'aveu un jour, nul ne sut ni ne saurait jamais tout ce que ce mariage devait à mon grand-père. C'est à lui qu'elle dit « oui », lui entre les mains duquel elle remit son destin, pressentant qu'elle aurait besoin d'un adulte responsable à ses côtés si d'aventure Behrouz décidait de rester un adolescent attardé.

11

PEU DE TEMPS APRÈS LEUR MARIAGE, mes parents quittèrent Téhéran pour Paris. Ils s'installèrent dans une chambre de bonne de la rue Monge, non loin de la Sorbonne, où Behrouz s'était inscrit en troisième cycle de sciences économiques. Sa thèse portait sur la « détermination de l'histoire par la superstructure dans l'œuvre de Karl Marx ». Il se lança dans sa rédaction dès leur arrivée.

Ma mère n'était qu'en premier cycle et sa motivation était bien moindre. Elle n'avait suivi des études que pour contenter Malak, qui l'y poussait. Mais l'économie ne l'avait jamais intéressée. C'était une discipline trop technique, trop mathématique, pour une intelligence aussi peu rationnelle que la sienne. Elle alla pourtant chercher un formulaire d'inscription à la Sorbonne. Comme elle n'était pas francophone, elle fut incapable de le remplir. Behrouz promit de l'y aider. Tout à ses recherches, il oublia. Avec sa coutumière distraction,

Roya ne le relança pas. La date limite de dépôt des dossiers passa. Et c'est ainsi que ma mère arrêta ses études.

Désormais désœuvrée, elle était libre d'arpenter les rues de Paris, d'en découvrir les monuments célèbres, les quartiers pittoresques, de prendre ses habitudes chez les commerçants de la rue Mouffetard, qui s'élançait tout près de chez eux, de flâner au Jardin des plantes. Elle n'en fit rien. Elle restait enfermée toute la journée dans la chambre de bonne, à feuilleter durant des heures des magazines de mode, puis à se coudre des jupes et des chemisiers en s'aidant des patrons qu'elle y trouvait.

Le soir, lorsque Behrouz rentrait de la bibliothèque Sainte-Geneviève ou de la Bibliothèque nationale, la tête farcie de théories alambiquées qu'il lui exposait mais auxquelles elle ne comprenait goutte, elle lui mentait, affirmant qu'elle avait visité le Louvre ou le musée de l'Orangerie, et Behrouz était bien trop fatigué pour trouver l'énergie de ne pas la croire.

Téhéran lui manquait. Elle se languissait de ses avenues bordées de peupliers centenaires, de ses villas blanches, aux toits plats, dont les jardins débordaient de bougainvilliers, de ses petites échoppes, de ses marchands de jus de griotte ou de melon d'eau, de son ciel laiteux ou bleu pâle, que traversaient parfois des traînées de nuages minces et filandreuses, et surtout la chaîne imposante des monts Elbourz qui s'érige au nord de la ville et semble la protéger des dangers extérieurs comme le ferait un mur d'enceinte.

Les rares fois où elle sortait, Paris la déprimait. Elle n'aimait pas les ruelles étroites et tortueuses de son quartier, qui débouchaient sur de grands boulevards pleins de voitures, bordés d'immeubles prétentieux, aux façades peuplées de cariatides et d'atlantes. Le ciel y était presque tout le temps gris. Il pleuvait un jour sur deux.

Sa mère lui manquait, comme sa sœur et Bibi. Si elle avait eu l'argent, elle aurait pris le premier avion pour Téhéran. Abi avait promis de leur rendre visite. Elle se voyait descendre avec lui les Champs-Élysées à son bras, comme s'il était son mari. Il l'aurait emmenée au restaurant, à la Coupole ou au Flore, où elle l'aurait écouté lui rapporter toutes les nouvelles du pays.

Au lieu de ça, elle devait faire elle-même la cuisine sur une vieille gazinière. Comme une fois sur deux son riz était brûlé, Behrouz la tirait jusqu'au restaurant universitaire, où les beefsteaks trop ou pas assez cuits, les quenelles plâtreuses, les légumes avachis et les fruits aigres lui donnaient envie de vomir. Elle n'aimait pas la cuisine française, de toute façon. Depuis leur arrivée, elle avait perdu plusieurs kilos. Ses joues s'étaient creusées. Sa peau était translucide. Elle avait des cernes autour des yeux. Ses poignets ressemblaient à des os de poulet.

Les réunions hebdomadaires de la Confédération des étudiants iraniens en France étaient ses seuls moments de joie. On y vilipendait le régime fasciste du shah, qui se durcissait de plus en plus, débattant des moyens de mettre à bas cette monarchie anachronique et pompeuse qui opprimait le peuple et s'accaparait les richesses du pays grâce à l'appui des Américains. Les plus radicaux étaient bloqués en France : les jugeant subversifs, l'ambassade refusait de renouveler leur passeport.

Ces sujets n'intéressaient pas Roya, mais entendre parler farsi autour d'elle lui était d'une douceur infinie. Le temps d'une soirée, elle avait l'impression d'être revenue à Téhéran. Le vin lui montait à la tête. Elle se laissait aller contre l'épaule de Behrouz et lui prenait la main.

Pour la sortir de sa solitude, mon père l'incita à se rapprocher des quelques jeunes femmes du groupe. Mais Roya se sentait mal à l'aise auprès d'elles. La plupart étaient extrêmement politisées. En attendant la chute du shah, certaines songeaient même à se rendre à Cuba pour aider le camarade Fidel à l'édification d'un socialisme à visage humain. Leur vie tout entière était mue par le désir d'en finir avec le capitalisme. Elles s'imposaient par exemple de dérober tout ce qu'elles pouvaient dans les magasins : le vol était à leurs yeux une manière de diminuer les profits du grand capital, une répartition plus juste des richesses ; c'était la revanche des exploités sur les exploiteurs. Elles exigeaient que Roya se joigne à elles dans leurs razzias. Celle-ci avait interdiction de sortir de la moindre boutique sans y avoir subtilisé quelque chose. Malheureusement, elle avait beau faire, elle se faisait surprendre à tous les coups. C'était une double humiliation : face aux vigiles ou aux commerçants tout d'abord, face aux camarades ensuite. Pour y échapper, elle cessa de les fréquenter.

Puis arriva Mai 68. Behrouz l'entraîna aussitôt avec lui à la Sorbonne, que les étudiants occupaient. Des débats interminables et enflammés se tenaient dans tous les amphithéâtres, d'où montaient tantôt des ovations, tantôt des huées. Les couloirs grouillaient de monde. Les murs étaient couverts de slogans, d'affiches, de portraits de Mao, de Che Guevara et de Trotski. Des salles de cours avaient été transformées en dortoirs. On faisait la cuisine et du café sur des becs Bunsen. Des groupes de jazz jouaient dans la cour.

Roya, qui n'avait plus posé les pieds ici depuis sa tentative d'inscription, n'en croyait pas ses yeux. En comparaison, l'université de Téhéran lui paraissait un établissement d'élite, un Cambridge oriental. Elle ne comprenait pas pourquoi tous ces gens voulaient la révolution, alors qu'ils avaient tout ce que les révolutionnaires qu'elle connaissait réclamaient. Elle abandonna Behrouz dans cette pétaudière et regagna la chambre de bonne.

Mon père ne savait plus quoi faire pour égayer sa jeune épouse. Lorsque arriva le 14 juillet, qui était le jour de naissance de ma mère, il l'emmena, à la nuit tombée, sur le Champ-de-Mars, où, lui dit-il, il avait invité quelques amis pour fêter son anniversaire. Roya, qui ignorait que c'était ici jour de fête nationale, se retourna vers lui en apercevant des dizaines de milliers de gens agglutinés devant la tour Eiffel. « Ils sont venus pour toi », lui dit-il. Puis, lorsque débuta le feu d'artifice, il ajouta : « Ça aussi, c'est pour toi. Ça m'a coûté les yeux de la tête. »

12

ROYA FUT BRUTALEMENT TIRÉE de l'ennuyeuse monotonie de sa vie le jour où elle constata que ses règles avaient plus de quinze jours de retard. Elle consulta un médecin, qui lui fit faire une prise de sang. Elle était enceinte. Behrouz fut pris de panique. Il répétait comme un perroquet que ce n'était ni le lieu ni le moment. Il fallait qu'elle avorte. Il devait finir sa thèse. Elle s'y opposa. Ce n'est pas Karl Marx qui allait décider de sa vie. Du jour au lendemain, elle cessa de coudre des jupes et des chemisiers, pour se mettre à tricoter de la layette.

Au septième mois de sa grossesse, elle décida de rentrer à Téhéran, où elle voulait accoucher. Elle n'imaginait pas le faire sans sa mère et sa sœur à ses côtés. Behrouz ne pouvait l'accompagner. Il avait un article à écrire pour une revue et un rendez-vous crucial avec son directeur de thèse. Il la rejoindrait au plus vite.

Elle faillit ne pas partir. Au moment où elle montait dans l'avion, l'équipage, effrayé par la grosseur de son ventre, lui demanda de redescendre : on ne voulait pas prendre le risque d'un accouchement en vol. Roya refusa. Profitant de son état, qui empêchait quiconque de la retenir par la force, elle bouscula les hôtesses et fila vers son siège, aux accoudoirs duquel elle s'agrippa fermement. On tenta de la raisonner. Elle se mit à pleurer. Il était hors de question pour elle d'accoucher dans ce pays dont elle parlait à peine la langue, loin de sa famille, de ses amis. On fit venir le pilote en personne, qui usa de toute son autorité auprès d'elle. En vain. Elle ne voulait rien entendre.

Pris de pitié pour la jeune femme et pressés de décoller, les passagers décidèrent de s'en mêler. Le problème fut réglé à l'iranienne. Dans un mélange subtil de négociation, de supplication et de culpabilisation, le pilote fut retourné en un quart d'heure. Un vieux médecin vint se porter garant de l'état de la prégnante : selon lui, les chances qu'elle accouche étaient nulles, et si elle devait accoucher, il se chargerait lui-même de l'accouchement. Deux ou trois femmes d'âge mûr lui promirent spontanément leur assistance. « À la grâce de Dieu ! » s'écria finalement le pilote en regagnant sa cabine, les bras levés au-dessus de la tête. On moucha le nez de ma mère, on lui massa les épaules et les bras, et l'avion s'envola avec une bonne heure de retard.

Je naquis deux mois plus tard, au cœur de l'hiver. Behrouz était rentré de Paris la veille pour assister au mariage d'un de ses amis. Quoique sa délivrance fût imminente, Roya l'y accompagna. Tous les deux étaient ivres quand elle commença à perdre les eaux, au milieu de la piste de danse. On allongea la parturiente sur un divan. Tout le monde se mit à courir dans tous les sens pour chercher des couvertures, des serpillières. Une brève discussion s'engagea pour savoir qui avait la voiture la plus rapide et la plus confortable, discussion d'autant plus conflictuelle que ces deux caractéristiques ne se recoupent pas forcément dans le domaine des véhicules automobiles. Pour mettre un terme à la délibération, Behrouz trancha pour une Chevrolet vert pomme, couleur à la mode dans les années soixante-dix, avant de soulever le corps de sa femme et de l'allonger sur la banquette arrière.

Trois mois après ma naissance, mon père partit pour Londres afin d'y suivre un cycle d'études en mathématiques appliquées à la macroéconomie, indispensable selon lui à la poursuite de sa thèse. Malak, plus mystique que jamais, s'étant installée dans la ville sainte de Qom pour approfondir ses connaissances théologiques, il confia sa femme et sa fille à ses propres parents.

Rosa et Abi s'accaparèrent aussitôt ma petite personne, comme de jeunes parents. Ils ne me lâchaient pas, laissant de côté la plupart de leurs obligations pour pouponner. Roya se sentit dépossédée de son rôle de mère. On ne l'appelait que pour donner le sein. Elle se sentait inutile. Une fois son lait tari, elle ressortit ses escarpins et ses tailleurs cousus sur mesure pour aller travailler. Par l'entremise de son amie Bibi, elle s'était fait embaucher au service financier d'une entreprise de textile.

Contraints de reprendre leurs activités, mes grands-parents me confièrent à une petite fille fraîchement débarquée de la campagne. Prénommée Ashraf, celle-ci passait plus de temps à manger les restes de mon dessert et à jouer avec mes poupées qu'à s'occuper de moi. Elle me laissait la plupart du temps ramper sur le sol caillouteux du jardin, sous un soleil de plomb, et faisait mine de ne rien voir lorsque je portais des chenilles et des sauterelles mortes à ma bouche pour les mâchouiller ou que je jouais avec les chatons galeux qui traînaient dans les bosquets.

Une fois, alors qu'elle avait comme d'habitude le dos tourné, je me mis en tête de sortir de sa cage un joli petit poussin jaune qu'on m'avait offert et de lui taper consciencieusement dessus avec une pelle. Incapable de justifier la mort de l'oiseau, la petite fut renvoyée dans son village et ma mère fut instamment priée par mes grands-parents de cesser dans les plus brefs délais son travail pour revenir à mes côtés. Roya s'exécuta et je retrouvai ivre de joie ma *mummy* adorée.

Dès lors, je ne supportai plus aucune de ses absences. Sortait-elle de mon champ de vision ne serait-ce que quelques minutes, je poussais des hurlements à fendre les pierres. Rien ni personne ne pouvait les faire cesser. Les sanglots m'étranglaient. Je me postais, les yeux gonflés, ma poupée serrée contre mon cœur, devant l'une des larges portes-fenêtres de chez mes grands-parents pour guetter le retour de ma mère. Je ne me calmais qu'à son apparition.

13

Aussi loin qu'il m'en souvienne, ma mère n'a jamais été vraiment là, j'entends ici-bas, en ce monde, parmi nous. Je l'ai toujours vue comme une sorte de mirage, une forme indistincte, aux contours flous, qui s'éloignait à mesure qu'on se rapprochait d'elle. Tout enfant, déjà, je souffrais de son manque d'attention à mon égard, de ses absences, qui en faisaient un être désincarné, sans consistance ni réelle existence. Je me demandais parfois si elle n'était pas une chimère, le produit d'une illusion, le fruit de mon imagination. Elle était pourtant près de moi, mais sa présence était à ce point flottante, insaisissable, qu'il me fallait la toucher pour éprouver la réalité de sa personne. Cet étrange pouvoir fantomatique me fascinait, m'envoûtait.

Des années durant, je cherchai à capter son regard, à susciter son intérêt, à lui signifier que j'existais – en vain. Mes réquisitions, mes plaintes, mes pleurs, mes caprices, rien n'y faisait.

Et puis, un jour, je sus.

Tandis que, rêvassant, ma mère laissait se consumer entre ses doigts une de ces sempiternelles cigarettes blondes dont elle ne tirait que deux ou trois bouffées, l'envie me prit de souffler à pleins poumons dans le lourd cendrier en cristal, empli de mégots, posé à son côté. Une nuée grise s'en éleva, qui me couvrit tout le visage avant que j'aie pu fermer les yeux. Je me mis à hurler.

« Mais tu es folle ! s'écria aussitôt ma mère, arrachée à ses rêveries. Qu'est-ce que tu as fait ? Tu vas devenir aveugle ! »

Paniquée, elle me prit dans ses bras et m'entraîna hors de la pièce pour appeler à l'aide. Rosa, ma grand-mère, accourut, suivie par l'ensemble des occupants de la maison, de la lingère aux enfants de la cuisinière en passant par le réparateur du climatiseur. On m'allongea, puis on m'appliqua sur les paupières des compresses d'eau chaude tout en m'essuyant le visage avec un gant humide. Rosa, qui avait pris les choses en main, me rassura. Ce n'était pas bien grave, je n'allais pas devenir aveugle, je serais guérie dans quelques minutes.

Mais ma mère ne l'entendait pas de la sorte. Toujours aussi paniquée, elle clamait en pleurant que j'allais perdre la vue à tout jamais et exigeait qu'on m'emmène sur-le-champ à l'hôpital.

Je n'éprouvais aucune peur, quant à moi. Non seulement j'avais presque recouvré l'usage complet de mes yeux, mais, à travers mes cils, je voyais ma mère comme je ne l'avais jamais vue : inquiète, attentionnée, affectueuse – maternelle en un mot. Je venais de découvrir comment l'attacher à moi : il me suffisait de paraître malade, voire en danger de mort.

Qui sait si tous mes accès de fièvre, mes maux de ventre, mes migraines, mes rhumes, ne furent pas une manière de maintenir ce lien si fragile, si précaire, enfin noué... Quelle extase c'était, malgré la douleur, de la voir tourner autour de mon lit, m'apporter des tisanes, tendre jusqu'à mes lèvres des cuillérées de miel ou de sirop, de sentir ses douces et délicates mains poser un gant glacé sur mon front brûlant !

Sans le savoir, j'avais éveillé chez ma mère la même terreur que chez Malak, sa propre mère : celle de perdre un enfant.

Face aux périls imprévisibles qui rôdaient autour de ma personne, son attachement à moi prit un tour fusionnel. Toute séparation lui était devenue insupportable.

Ce changement eut une autre conséquence dans nos relations. À Paris, où nous étions installés désormais et où l'on m'inscrivit à l'école maternelle, ma mère prit l'habitude de me consulter sur tout et n'importe quoi, convaincue que j'en savais plus qu'elle dans tous les domaines. Ferait-il beau demain ? Tel livre ou tel film était-il bien ? Fallait-il mettre deux *p* au verbe « épeler » ? Devait-elle arrêter tout de suite la cuisson du riz ? Mon père rentrerait-il avant le dîner ? Comme tout enfant désireux de bien faire, de donner satisfaction à ses parents, j'interrompais mes jeux, recouchais mes poupées, quittais ma chambre et tentais de lui apporter une réponse satisfaisante, quand bien même n'avais-je la plupart du temps aucun avis sur la question qui m'était posée. Par bonheur, elle ne me tenait pas rigueur de mes erreurs, pourtant nombreuses. Je compris très vite qu'elle oubliait en effet ce qu'elle m'avait demandé quelques heures plus tôt, tourmentée qu'elle était par un nouveau doute, confrontée à une nouvelle difficulté, préoccupée par une nouvelle énigme, qu'elle ne tarderait pas à me demander d'éclaircir.

Chaque matin, je me préparais ainsi, vaillamment, à affronter toute une salve d'interrogations, à résoudre tous ses problèmes, à combler toutes ses lacunes. À mon plus grand étonnement, elle ne se tournait jamais vers mon père, pourtant si brillant, si cultivé. Quand il lui arrivait d'intervenir, elle haussait les épaules ou, pire, feignait de ne pas l'entendre, comme si ses paroles n'avaient aucune valeur. Découragé, il finissait par tourner les talons et me laissait reprendre les commandes.

À mesure que je grandissais, les questionnements de ma mère se complexifiaient. Bientôt, elle commença à me sonder sur sa vie conjugale. Quoique je ne fusse pas plus compétente en ce domaine que sur le reste, je continuais à lui apporter des réponses, qui consistaient la plupart du temps à confirmer ce qu'elle avançait. Oui, mon père buvait trop de whisky, oui, il se levait trop tard, oui, il ne serait pas plus mal qu'il cherche du travail, oui, il ferait mieux de terminer sa thèse au lieu de passer ses nuits avec ses copains... Plus le temps passait, plus ses reproches étaient amers, sévères, ses critiques assassines. À l'entendre, elle avait épousé la pire personne qui soit. Comme j'aimais mon père malgré tous ses défauts, je me sentais de plus en plus embarrassée, de plus en plus mal à l'aise. Elle m'enjoignait de prendre son parti. Je me sentais en porte-à-faux.

Un jour, alors que je venais à peine d'avoir dix-huit ans, elle me demanda brusquement si elle devait divorcer. Pour la première fois, je choisis de ne pas me prononcer. Je n'avais aucune idée sur la question, à vrai dire. Je ne pouvais certes pas ne pas voir le désastre de leur couple, le gouffre qui les séparait désormais, leur incompatibilité flagrante, leur impossibilité à vivre ensemble sans se quereller, mais je n'étais pas sûre que la séparation, qui entérinerait l'échec de leur mariage et, plus encore, l'erreur qu'ils avaient tous les deux commise en se choisissant pour partenaires, et qui en constituait en quelque sorte la faute originelle, les soulagerait l'un et l'autre. Je me tus donc.

En définitive, c'est mon père qui prendrait la décision de partir, dix ans plus tard, pour retrouver celle qui l'avait toujours attendu : Bibi – la meilleure amie de ma mère.

14

Marcher aussi lui devenait difficile. Elle ne parvenait plus à lever correctement les pieds, qu'elle traînait avec peine, d'un pas hésitant et saccadé. Étonnamment, elle ne se plaignait pas. On eût dit qu'elle s'était accoutumée à tous ces désagréments, comme on s'accoutume à voir ou à entendre moins bien.

Le plus important pour elle était d'être en mesure de conserver son mode de vie, de pouvoir par exemple continuer à se rendre au cinéma, voir des films d'auteurs coréens, lituaniens ou iraniens, ce qu'elle faisait chaque jour ou presque, au Balzac, au Champollion ou aux 7 Parnassiens, ses salles préférées, toujours à la quatrième rangée, de préférence sur le siège le plus proche de l'allée, pour ne pas se sentir coincée. Elle avait toujours aimé se perdre dans des histoires où elle ne se reconnaissait pas, être projetée ailleurs, dans des villes ou des pays inconnus. Durant deux ou trois heures, elle achevait de s'échapper de cette vie où elle n'était jamais tout à fait, sans avoir l'obligation d'y tenir un rôle. Elle y occupait même la place qui était la sienne la plupart du temps : celle de spectatrice. En un certain sens, le cinéma était le lieu idéal pour une nature aussi songeuse que la sienne : il prolongeait ses absences, dont il comblait le vide en les peuplant de personnages. Elle s'y sentait tellement bien, d'ailleurs, qu'elle ne jetait aucun ticket, les conservant tous dans une grosse boîte que nous retrouvâmes après sa mort, dans un de ses placards. Toutes ces vies parallèles dont elle avait partagé un moment le destin étaient de la même étoffe que sa propre existence.

Malgré la détérioration de son état et mes protestations, elle décida un beau matin de rendre visite à son amie Mahboubeh, à Londres. Elle se sentait suffisamment valide et lucide pour entreprendre ce voyage. Justifiant mes craintes quant aux risques que comportait un tel projet, elle descendit malencontreusement à la gare d'Ebbsfleet, la station précédant Saint-Pancras, convaincue d'être parvenue à destination. Après de longues minutes d'attente dans le hall, elle se résolut à téléphoner à son amie, qui avait promis de venir la chercher et qu'elle s'inquiétait de ne pas voir. Celle-ci l'attendait déjà à Saint-Pancras. Un quiproquo s'engagea, durant lequel les deux amies partirent un bon moment à la recherche l'une de l'autre, se donnant par téléphone des indications qui ne concordaient jamais, tournant et retournant chacune dans sa gare, avant de comprendre qu'elles ne se trouvaient pas au même endroit, mais éloignées de plusieurs dizaines de kilomètres.

Trois jours plus tard, je reçus un appel paniqué de Mahboubeh : Roya était tombée en se prenant les pieds dans le tapis persan de sa salle à manger et avait été emmenée en urgence à l'hôpital. Elle s'était fracturé la hanche gauche. Une opération était prévue le lendemain. Je rassemblai quelques affaires et pris aussitôt le train pour Londres. De Saint-Pancras, un taxi me conduisit jusqu'au Royal Free Hospital, dans le service de chirurgie orthopédique duquel elle avait été admise.

Mahboubeh m'attendait devant la porte de la chambre. Elle se tordait les mains en s'accusant de tous les maux. Je tentai de la tranquilliser en lui assurant qu'elle n'y était pour rien : ce n'était tout de même pas elle qui avait jeté comme une peau de banane un tapis sous les pieds de Roya ! Elle tenait malgré tout à sa part de responsabilité et n'avait nulle envie que je l'en dégage. C'est elle, insistait-elle, qui avait acheté ce maudit tapis, puis l'avait placé là, dans son salon, à l'endroit même où cette pauvre Roya avait posé le pied. À quelques centimètres près, celle-ci ne se serait pas entravée et aurait atteint saine et sauve sa tasse de thé.

Quand j'entrai dans sa chambre, ma mère prononça simplement mon prénom, qu'elle fit suivre d'un petit gémissement plaintif. Son visage, qu'elle avait tourné vers moi, était crispé de douleur. Une profonde hébétude achevait d'en brouiller les traits. Je ne la reconnaissais pas. Je m'assis à son chevet et lui pris la main. Elle semblait incapable de répondre à mes questions, qu'elle accueillait par le même gémissement. Sans qu'elle me le demandât, je lui donnai des nouvelles de mon frère, de mon fils, de mon mari, de mon chat… Pour combler son silence, j'évoquai même le temps qu'il faisait à Paris quand j'en étais partie. Lorsque je manquais d'inspiration, Mahboubeh prenait le relais, continuant à battre sa coulpe dans mon dos, même s'il me semblait qu'elle commençait peu à peu à s'innocenter, pour incriminer à demi-mot le marchand de tapis, qui, à bien y réfléchir, lui avait vendu un *bakhtiari* beaucoup trop grand pour son salon.

À dix-huit heures, quand le dîner fut servi, je la renvoyai chez elle, autant pour qu'elle se repose que pour qu'elle me repose. Ma mère ne jeta pas un œil au gratin de chou-fleur et au roastbeef nappé de sauce *gravy* qu'on lui avait apportés. Je les regardais pour moi avec envie. Je n'avais pas mangé depuis le matin. Pour échapper à la tentation de me jeter dessus, je levais de temps en temps la tête. De l'autre côté de la fenêtre s'étendaient les collines boisées de Hampstead Heath, où je me fis la promesse d'aller faire quelques pas si j'en avais le loisir. À ma droite, dans un lit parallèle à celui de ma mère, était allongée une dame très élégante, au maintien racé, dont un extravagant turban de couleur rose fuchsia dissimulait les cheveux. Elle avait dîné pour sa part et m'adressait des sourires polis.

Au bout d'une heure, n'y tenant plus, je m'emparai des couverts du plateau-repas de ma mère et les plantai dans la tranche de roastbeef froide qui baignait dans sa sauce à présent figée, que je dévorai rageusement, avec le gratin, les engloutissant à grandes bouchées que je prenais à peine le temps de mâcher. La dame au turban fuchsia m'observait en souriant. Ma mère regardait dans le vide.

Le lendemain matin, elle fut emmenée très tôt au bloc opératoire. Mahboubeh et moi étions déjà là. Pour occuper le temps, nous avions prévu d'aller faire une promenade dans le parc. Mais, au moment où nous prenions nos sacs pour quitter la chambre, nous vîmes, stupéfaites, réapparaître ma mère sur son brancard. « Elle n'est pas à jeun, nous expliqua l'infirmière qui l'accompagnait. Elle n'a pas pu être opérée. »

Je lui assurai qu'elle n'avait pourtant rien avalé depuis la veille : elle n'avait pas touché à son dîner (je n'osais lui avouer que c'était moi qui l'avais englouti) et on ne lui avait servi aucun petit déjeuner. Je me tournai vers la dame au turban fuchsia pour la prendre à témoin. Elle confirma mes dires en opinant du chef. L'infirmière prit un air désolé : quand on lui avait demandé si elle avait mangé au cours des huit dernières heures, ma mère avait répondu par l'affirmative – on ne pouvait pas prendre de risque.

Puis elle me fit signe de la suivre dans le couloir tandis qu'on réinstallait ma mère dans son lit. « Est-ce que votre mère souffre de démence ? » me demanda-t-elle en enfonçant ses yeux bleus dans les miens. Je restai muette quelques instants. Démence ? Non, à ma connaissance, ma mère ne souffrait pas de démence, finis-je par lui répondre après un temps de stupéfaction plus que de réflexion. L'infirmière n'insista pas. Elle me salua et entra dans une autre chambre.

Je rejoignis ma mère. Ce mot de « démence » que l'infirmière avait prononcé devant moi ne cessait de résonner dans ma tête. J'observai Roya, dont les yeux, toujours aussi absents, étaient tournés vers la fenêtre, sur la vitre de laquelle se distinguaient des traces de gouttes de pluie. Comme un tailleur enfile sur vous un vêtement pour vérifier qu'il vous va bien, je posai sur sa personne ce mot de « démence ». Je me rappelai alors certaines de ses paroles, de ses attitudes, au cours des dernières semaines, ses troubles de la mémoire de plus en plus fréquents, sa confusion dans le train qui l'acheminait ici. La veille encore, juste avant sa chute sur le tapis, elle m'avait confié avoir oublié dans ce même train un parapluie que je lui avais offert. Or, je ne lui avais jamais offert de parapluie. Pour l'avoir accompagnée jusqu'à la gare du Nord, je me souvenais en outre qu'elle n'en avait pas emporté un avec elle.

Au terme de cette sorte d'« essayage », force me fut de reconnaître que le mot de l'infirmière s'ajustait parfaitement sur ma mère : elle était bel et bien en train de sombrer dans la démence.

Je sortis de la chambre, abasourdie, et pris l'ascenseur pour me rendre au rez-de-chaussée. À la cafétéria, j'achetai deux muffins au chocolat et sortis dans le parc. Je m'assis sur un banc, face à un élégant parterre de primevères et de crocus jaunes. Je restai là un moment. Le mot de l'infirmière continuait à tourner dans ma tête. Sa forme anglaise, *dementia*, directement empruntée au latin, lui conférait un surcroît de gravité. L'état de ma mère ne ferait que se détériorer de façon progressive et irréversible. Il n'y avait plus rien à faire. Le pire était à venir. Je posai les muffins, intacts, sur le banc et remontai dans la chambre.

Avant même d'en pousser la porte, j'entendais la voix de Mahboubeh, qui portait jusqu'au bout du couloir. Elle s'entretenait par téléphone avec ma tante Shimi, qu'elle informait en détail des dernières nouvelles de ma mère, trop faible pour s'exprimer distinctement. Elle parlait d'une voix forte, presque en hurlant, comme si elle s'adressait à une sourde. Loin d'en être gênée, et quand bien même ne comprenait-elle pas le persan, la dame au turban fuchsia la regardait avec le plus grand intérêt, comme si elle assistait à une pièce de théâtre. Je la priai de nous excuser de faire autant de bruit, justifiant les braillements de Mahboubeh par le fait qu'elle conversait avec une correspondante lointaine, qui vivait à l'étranger. La dame au turban fuchsia me sourit. « Je ne sais pas pourquoi elle utilise un téléphone, me dit-elle sur un ton amusé en désignant Mahboubeh. Je pense qu'on l'entend même en Australie. »

Quand celle-ci eut raccroché, ma mère lui demanda d'une voix faible si Shimi avait l'intention de venir lui rendre visite. « Oui ! répondit Mahboubeh. Dans trois dents ! »

Ma mère fut finalement opérée de sa fracture de la hanche en milieu d'après-midi. Sous l'effet de la morphine, elle délirait quand on la ramena dans sa chambre. Elle disait voir au plafond le visage de mon père, mort depuis quatorze ans. Suivant la direction de son bras, Mahboubeh et moi levâmes spontanément la tête au-dessus de son lit, avant de baisser bien vite les yeux – les tubes au néon nous aveuglaient. Ma mère nous ordonna de faire silence pour entendre ce que mon père lui disait. Peu à peu, les traits de son visage se décrispèrent. Elle irradiait de bonheur et de sérénité en écoutant le fantôme, comme jamais de son vivant.

Ce soir-là, la dame au turban fuchsia reçut la visite d'une jeune femme vêtue d'un haut noir en fausse dentelle et d'un jean entaillé aux genoux, qui l'appela *Mummy*. Celle-ci avait les bras tatoués et portait plusieurs piercings, dont un au sourcil droit et un autre sous la lèvre inférieure. Elle avait dû être jolie : ses traits étaient fins et bien dessinés. Mais son visage était marqué : elle avait des poches sous les yeux et la peau rosâtre et bouffie.

Elle prit place au chevet de sa mère en gardant son sac sur les genoux, comme pour signifier qu'elle n'allait pas rester très longtemps. Un certain William l'avait conduite en voiture jusqu'ici ; il n'avait pas trouvé de place pour se garer ; cela semblait la rendre nerveuse. Elle ne prêtait guère attention à ce que sa mère lui disait. On sentait qu'elle aurait préféré être ailleurs. De temps à autre, elle jetait un regard vers nous ou sur l'écran de télévision, réglé sur une chaîne d'information en continu, puis consultait l'heure sur l'écran de son téléphone.

Son corps avachi contrastait avec celui, tonique et vigoureux, de sa mère. En les voyant ainsi côte à côte, on ne pouvait s'empêcher de penser que c'était la fille qui aurait dû être allongée en pyjama sur le lit et la mère debout à son chevet, à rajuster son oreiller et à lui apporter du jus de fruits.

Lorsque sa fille fut partie, la dame au turban fuchsia se tourna vers moi et me regarda avec une étrange tendresse, mêlée d'amertume : « *You are such a wonderful daughter* », me dit-elle.

J'aurais voulu la détromper en lui confiant que je rêvais presque chaque nuit que nous nous battions, ma mère et moi. Tantôt nous nous jetions l'une sur l'autre à mains nues, tantôt nous luttions armées d'un bâton, d'un revolver ou d'un fusil. C'était un duel à mort – l'une de nous deux devait périr. Certaines nuits, je rêvais qu'elle m'étranglait. Je sentais ses mains autour de mon cou. Je me défendais comme je pouvais en tentant de la repousser, mes ongles lui griffant le visage, jusqu'à la défigurer.

Oui, j'aurais pu lui raconter cela. Je n'en fis rien. Je sentais que cela la rassurait de penser qu'il existât quelque part en ce bas monde des filles aimantes et des mères comblées.

15

De retour à Paris, ma mère passa deux semaines en clinique de rééducation, le temps pour mon frère et moi d'organiser sa nouvelle vie dans son appartement et d'accomplir les démarches nécessaires afin de bénéficier de toutes les aides accordées aux personnes dépendantes. Réunir les pièces à fournir et remplir les différents formulaires nous prit un temps infini. Lorsque nous lui remîmes enfin le dossier complet, l'assistante sociale nous annonça que, en raison du manque de personnel et du nombre de demandes déposées, notre cas ne serait pas traité tout de suite – le temps d'attente risquait d'être long.

L'avenir lui donnerait raison : les aides n'arrivèrent qu'après le décès de ma mère.

L'urgence pour l'heure était de trouver une personne de confiance pour s'occuper d'elle au quotidien. Il nous parut d'emblée impératif que celle-ci parle persan, pour être en mesure de saisir le moindre de ses besoins. Nous pensions également que s'exprimer dans sa langue natale réclamerait moins d'efforts à ma mère.

Nous nous tournâmes donc vers le réseau iranien. Une certaine Shahla nous fut bientôt recommandée par une amie d'amie, dont elle avait pris soin de la mère durant ses derniers mois en donnant pleinement satisfaction. Nous lui fixâmes rendez-vous dans un café.

C'était une femme d'une cinquantaine d'années, au pas traînant, aux épaules voûtées et au regard abattu. Secs et sales, ses cheveux étaient retenus par un chouchou blanc, légèrement grisâtre ; des mèches de différentes couleurs en striaient la masse, probables souvenirs de teintures successives mal faites, dont aucune n'avait tenu. Sur ses ongles, un vieux vernis couleur corail finissait de s'écailler. Elle portait un legging mauve et usé qui épousait ses cuisses dodues et ses jambes courtes, un tee-shirt vert orné d'un palmier et d'un soleil sous lesquels s'étiraient les mots « Malibu Beach », et un gilet en maille polaire noir.

Shahla n'était en France que depuis peu. Elle avait quitté l'Iran après la mort de son mari. Faute de visa, son fils et sa fille n'avaient pu la suivre. Elle habitait chez une cousine, en lointaine banlieue. Elle pouvait se mettre dès aujourd'hui à notre service. Il y avait juste un petit problème : sa demande de régularisation venait d'être refusée.

Mon frère et moi, nous nous regardâmes. Nous savions ce que cela signifiait : Shahla n'était pas autorisée à travailler… à moins que nous ne la déclarions pas. Il nous faudrait alors la payer en espèces. Cela lui convenait.

Il se trouve que nous ne manquions pas d'argent liquide. En raison des sanctions frappant l'Iran, qui interdisaient notamment toute transaction financière avec le pays, une de mes tantes nous faisait parvenir chaque trimestre, en billets de 500 euros, les intérêts d'un compte, ouvert dans une banque de Téhéran, où avait été placée la part qui nous revenait de l'héritage de ma grand-mère. Cet argent, qui nous était remis de la main à la main par des gens chaque fois différents dès leur descente d'avion, était caché chez ma mère, dans un petit coffre que nous appelions « la caverne d'Ali Baba », car y étaient également enfermés les quelques bijoux qui lui restaient du cambriolage dont mes parents avaient été victimes le lendemain même de leur mariage, des pendentifs, pour la plupart, sur lesquels était gravé le nom d'Allah et que les voleurs n'avaient pas osé dérober, par crainte du châtiment divin.

Nous convînmes que Shahla viendrait chez ma mère tous les matins, dès neuf heures, jusqu'au début de l'après-midi, moyennant un billet de 500 euros tous les dix jours.

Shahla commençait sa journée par la toilette de ma mère. Elle procédait par gestes lents, avec délicatesse, les manches retroussées jusqu'au coude, les pieds dans une paire de claquettes en plastique roses. Elle lui lavait les cheveux deux fois par semaine, probablement plus souvent que les siens, puis les lui essuyait précautionneusement avec une serviette éponge, mèche après mèche, avant de les laisser sécher à l'air libre.

Je n'avais jamais vu ma mère coiffée au naturel. Depuis toujours, elle entretenait chaque matin son brushing à coups de brosse et de laque, avec une science aiguë du crêpage, qui émerveillait mes yeux de petite fille. Sous cette coiffure nouvelle, sans apprêt, qui libérait sa chevelure jusqu'aux épaules, elle semblait une autre personne, d'autant qu'elle ne se maquillait plus. La dame élégante qu'elle avait toujours été avait fait place à une petite chose fragile et vulnérable.

Shahla installait ensuite ma mère dans un fauteuil, puis lui faisait un thé noir sucré, avant de préparer le déjeuner. Tandis que le repas mijotait, elle se lançait dans le ménage. Malgré son état semi-dépressif, elle faisait preuve d'une grande efficacité, probablement grâce à cette capacité innée que nous avons à sortir de nous-mêmes dès lors que nous nous occupons d'autrui. Non seulement elle s'acquittait de toutes les tâches pour lesquelles nous l'avions engagée, mais elle savait se montrer pleine de prévenances, n'hésitant pas à s'interrompre dans sa besogne pour venir s'entretenir avec ma mère, qui semblait préférer sa conversation à sa cuisine.

Elle finit par rapporter de sa chambre des boîtes pleines de photographies, qu'elle commentait pour son aide à domicile. Elle revisitait ainsi sa vie au moment où elle s'apprêtait à la quitter.

Un jour que je devais déjeuner avec elles, je les surpris toutes les deux sur le canapé, entourées de dizaines de photos du mariage de mes parents, dans une odeur de riz carbonisé. Je me précipitai aussitôt dans la cuisine pour éteindre le *rice cooker*. Quand je revins dans le salon, ma mère me tendit de sa main tremblante une photo avec un large sourire.

On l'y voyait dans toute la splendeur de sa jeunesse, coiffée d'un chignon romantique agrémenté d'un ruban de soie et piqué de fleurs de gardénia, d'où s'échappaient quelques mèches ondulées encadrant son visage ovale et ses yeux de biche apeurée, fuselée dans une longue robe blanche épurée mettant en valeur sa taille gracile et ses épaules menues, assise à côté de mon père, lui aussi dans toute la vigueur du bel âge, sourire étincelant et costume sombre, devant la traditionnelle nappe de mariée, où étaient disposés dans une vaisselle précieuse encens, lys, pâtisseries, eau de rose, pain frais décoré, et au bout de laquelle un immense miroir ouvragé était posé, de sorte à renvoyer le reflet des jeunes mariés tandis qu'ils s'offriraient du miel et qu'au-dessus de leurs têtes les femmes frotteraient des pains de sucre afin d'adoucir leur destinée.

16

À PRÉSENT, MA MÈRE était la proie d'étranges manies, des sortes d'idées fixes, des obsessions, qui mobilisaient son esprit durant de longues minutes. Elle pouvait ainsi passer un temps infini à caler un coussin sous sa nuque, le changeant et rechangeant de place, le déplaçant d'un centimètre à gauche, d'un centimètre à droite, plus haut, plus bas. C'étaient toujours des choses futiles, des préoccupations dérisoires : un pli sur son pantalon, qu'elle s'échinait à écraser, la position d'un objet sur sa table basse, qu'elle ne cessait de bouger. Le maniement de sa tablette électronique était une source de tracas permanente. Une fois sur deux, elle en oubliait le fonctionnement, puis c'étaient les identifiants et les mots de passe qui lui échappaient. Elle tapotait alors frénétiquement sur l'appareil, le plus souvent sans succès, avant de le laisser glisser, de guerre lasse, à côté d'elle, sur le canapé. Puis elle prenait de grandes inspirations, comme si elle sortait d'une longue apnée.

Depuis peu, elle avait accepté de porter son bracelet d'alerte. Nous le lui avions imposé, car elle ne cessait de tanguer sur ses jambes, même à l'arrêt, comme sur le pont d'un bateau. Qu'elle fasse une nouvelle chute en notre absence était notre hantise L'imaginer à terre des heures durant, toute une nuit, incapable de se relever, tel un scarabée tombé sur le dos, nous était insupportable. Malgré le bracelet, nous l'appelions plusieurs fois par jour, afin de vérifier qu'elle était toujours bien vissée à son canapé ou allongée sur son lit, et non étendue au milieu de son couloir ou de son salon, les membres brisés, à demi inconsciente, se tordant de douleur en gémissant.

Et puis un jour son dos se courba. La veille, elle se tenait encore droite. La nuit passa. Quand elle quitta son lit au petit matin, elle se découvrit bossue et voûtée, comme si on lui avait jeté un sort. Son cou s'était également incurvé vers l'avant, formant avec le dos un arc parfait. Quand, les bras chargés de sacs de courses, je la retrouvai quelques heures plus tard, ce fut pour moi une vision d'horreur : depuis la dernière fois où je l'avais vue, soit deux ou trois jours, elle avait vieilli de trente ans. Devant moi, dans l'embrasure de la porte d'entrée, se tenait une petite vieille, presque centenaire, qui tentait péniblement de redresser la tête en relevant son menton des deux mains. J'en laissai d'un coup tomber mes sacs sur le paillasson.

Le neurologue chez qui nous l'emmenâmes en urgence évoqua une dystonie cervicale, probablement due à des troubles fonctionnels du système nerveux central ou à une dégénérescence de la colonne vertébrale, encore que, ajouta-t-il, la plupart des dystonies n'ont pas de cause clairement établie. Il suggéra, pour la soulager, la confection sur mesure d'un corset rigide, qui permettrait de corriger sa posture et de soutenir son cou, ainsi que des séances de kinésithérapie, et peut-être des injections de toxine botulique, voire, en cas d'effets nuls, la prise d'un myorelaxant ou d'un anticonvulsivant. Les mains placées sous le menton, ma mère grimaçait en l'écoutant, quoiqu'elle ne parût pas vraiment concernée par ce qu'il disait. On aurait dit qu'une seule chose la préoccupait : maintenir sa tête le plus droit possible.

Au demeurant, plus grand-chose ne semblait la concerner à présent. Elle ne nous écoutait quasiment plus lorsque nous nous adressions à elle et détournait la tête ou le regard. Elle ne nous parlait plus guère non plus, peut-être lassée de devoir répéter ses propos, que nous comprenions de moins en moins, tant son élocution s'était dégradée ces derniers temps. Elle, naguère encore si bien élevée, si distinguée, oubliait les règles les plus élémentaires de la bienséance. Elle bâillait sans mettre la main devant la bouche ou allumait son poste de télévision en plein milieu du repas. Des amis lui en apportaient-ils une boîte, elle engloutissait devant eux, l'un après l'autre, tous les chocolats qu'elle contenait, sans même leur en proposer un.

Le jour où je lui rapportai le corset orthopédique prescrit par le médecin, et que nous avions fait mouler sur son corps, elle me regarda avec la méfiance d'un chat à qui l'on présente sa cage de voyage. Il est vrai que l'objet était assez effrayant, bien loin du sous-vêtement élégant que l'on portait sous le Second Empire : c'était une gaine rigide, en silicone, agrémentée de rivets métalliques, qui, malgré sa couleur rose, ressemblait plus à un instrument de torture qu'autre chose.

Shahla m'aida à soulever ma mère afin que nous le lui passions. L'opération nous demanda de pénibles efforts, tant cette dernière était peu coopérative. Elle poussait de petits grognements, de plus en plus agacés, tout en s'agitant. À peine l'eûmes-nous harnachée qu'elle se mit à se tortiller désespérément pour essayer de se dégager de l'appareil. Nous essayâmes de l'en dissuader, mais elle semblait furieuse – il était impossible de la raisonner. Je me résolus finalement à la libérer de son armure. Une fois délivrée, elle s'empara de l'objet avec rage et, de toutes ses forces, le jeta à terre en me lançant un regard terrible, d'une méchanceté noire.

Le corset en était-il la cause ? Je ne le saurai jamais. Quoi qu'il en soit, à compter de ce jour-là, ma mère cessa de me sourire. Même si elle n'avait jamais été très démonstrative en matière d'affection, elle n'eut pour moi plus aucun geste d'amour ni de tendresse, plus aucun regard bienveillant, pas même un signe de reconnaissance.

Ma mère pouvait être d'une rancune tenace, il est vrai. Ce sentiment ne se manifestait jamais plus vivement que lorsque, n'ayant pas de nouvelles de moi ou de mon frère, elle se figurait que nous étions morts et se tourmentait des heures durant en prenant des cachets de Lexomil tout en se tordant les mains jusqu'à ce que nous lui donnions un signe de vie. Son angoisse tournait alors à la colère, et celle-ci s'abattait sur nous sous forme de reproches, de menaces, d'accusations de toutes sortes, manière de se venger du supplice atroce que nous lui avions infligé. Elle nous raccrochait au nez et nous boudait jusqu'au lendemain.

Cette fois-ci, pourtant, sa rancune ne retomba pas. Elle m'en voudrait jusqu'à sa mort. Ce corset fut notre vase de Soissons.

17

MA MÈRE ET MOI nous sommes brouillées un nombre incalculable de fois. Si le motif de ces griefs variait la plupart du temps, les reproches restaient à peu près identiques : elle me reprochait d'être une mauvaise fille, égoïste, ingrate, négligente, incompréhensive, indifférente et absente ; je lui reprochais d'être une mauvaise mère, égoïste, ingrate, négligente, incompréhensive, indifférente et absente. Nous pouvions cesser de nous parler durant plusieurs jours, parfois une ou deux semaines, avant de nous réconcilier.

Cette fois-ci, cependant, les choses étaient différentes : ma mère ne passait pas l'éponge sur l'épisode du corset. Comme elle était malade, diminuée, je ravalai mon amertume et pris le parti de faire comme si de rien n'était, m'efforçant d'ignorer son air courroucé et dédaigneux chaque fois que je lui rendais visite. Après tout, cette mauvaise humeur était peut-être liée à ses troubles cognitifs, qui altéraient son discernement.

Je n'en souffrais pas moins pour autant. J'avais beau faire assaut de prévenances pour tenter de la ramener à de meilleures dispositions à mon égard, rien ne changeait. Mon psychanalyste soutenait que ma mère était redevenue une petite fille et me considérait désormais comme une mère – je devais me comporter comme telle en prenant de la hauteur, sans attendre de réciprocité de sa part. Je ne parvenais pas, malgré tout, à dépasser le sentiment d'injustice où me plongeait cette situation. Je me sentais démunie.

Sur les conseils d'une amie, versée dans l'occultisme, je requis alors les services d'une sorte de sorcier moderne, une espèce de marabout, qui garantissait des résultats en une ou deux séances.

C'était un homme sans âge, albinos et aveugle, de grande taille. Ses cheveux, très drus, ainsi que ses sourcils et ses cils, étaient d'un blanc presque transparent. Ses joues étaient roses, presque rougeâtres, à l'instar de ses mains, aux doigts courts et épais. Il portait une large blouse blanche de laborantin, qui lui tombait à mi-cuisse.

Les yeux fermés, il me fit entrer dans son cabinet. La pièce était nue, sans aucune décoration. Le mobilier se réduisait à un bureau, une chaise, un divan et un fauteuil. Deux ou trois abat-jour défraîchis et vieillots y dispensaient une faible lumière jaunâtre. Le blanc des murs avait viré au beige. La peinture s'écaillait par endroits. Il y flottait une odeur de camphre.

Le sorcier s'y mouvait avec aisance, comme s'il voyait parfaitement, ayant de toute évidence intégré mentalement la disposition des lieux.

Sans me demander pourquoi je venais le consulter, il me fit allonger sur son divan et entreprit de passer ses mains au-dessus de mon corps, de la tête aux pieds, chassant l'air sur les côtés avec les mêmes gestes qu'on fait pour débarrasser une nappe de ses miettes. Puis il me dit d'un air tout à la fois grave et détaché qu'il percevait en moi un « lien de souffrance » avec quelqu'un. « Ma mère », murmurai-je. Ce lien qui nous attachait l'une à l'autre nous entravait, poursuivit-il, comme une chaîne. Il pouvait m'en libérer, si je le voulais. Pour ce faire, il me fallait fermer les yeux et imaginer que je quittais la terre ferme et que je m'élevais dans le ciel, puis plus haut encore, dans l'espace, parmi les planètes et les étoiles.

Ce travail mental n'était pas facile, mais je m'efforçais de m'y plier. J'étais venue ici pour tenter de recouvrer un peu de sérénité. Peu m'importait qu'il faille entrer dans la peau d'un astronaute pour y parvenir. J'étais prête à tout.

Maintenant que je flottais dans ce monde de silence et d'obscurité, je devais visualiser ma mère, planant à mon côté, attachée à moi par une épaisse corde qui nous liait par le nombril. L'homme me demanda alors de m'en saisir et d'en défaire les fils un à un. Je m'exécutai. Quand j'eus mené cette tâche à son terme, je vis ma mère s'éloigner peu à peu de moi, comme aspirée par le cosmos, puis disparaître. Je n'avais plus qu'à redescendre sur terre.

Lorsque je rouvris les yeux, le sorcier avait disparu. Il se tenait, le dos tourné, dans un coin de son cabinet, d'où il revint en me tendant une poignée de cristaux de quartz, qu'il me désigna comme des pierres guérisseuses. Pour parachever ma libération, je devais les faire tremper dans un verre d'eau et boire cette eau durant plusieurs jours.

À peine eus-je franchi le seuil de son cabinet qu'un sentiment de culpabilité me terrassa. Je revoyais ma mère s'évanouir dans l'univers. Je l'imaginais seule et abandonnée, errant pour l'éternité dans les ténèbres infinies. Je me sentais criminelle. De quel droit avais-je rompu notre lien, fût-il « de souffrance » ? Quel monstre étais-je pour la sacrifier à mon seul bien-être ?

Envahie de remords, je sortis les pierres guérisseuses de mon sac et les jetai dans une poubelle. Et, dans le bus qui me ramenait chez moi, j'essayai de renouer mentalement les fils que j'avais défaits tout là-haut.

18

La dystonie s'étant étendue des muscles du cou à la gorge, Roya était désormais frappée d'aphasie et ne s'exprimait plus que par des grognements.

Un matin, après avoir pris sa douche, elle perdit l'équilibre et tomba, malgré la présence de Shahla auprès d'elle, qui n'avait pu la retenir. Dans sa chute, elle se fractura un bras et sa tête heurta la coiffeuse vers laquelle elle se dirigeait. Un énorme hématome lui couvrit le visage, du haut du front jusqu'en dessous de l'œil. Il fallait se rendre à l'évidence : même avec une aide à domicile, elle n'était plus en sécurité chez elle.

La placer dans un service de soins de longue durée signifiait, nous le savions, qu'elle ne rentrerait plus jamais chez elle. Tandis que je regroupais des affaires pour les lui apporter à l'hôpital, où elle avait été admise après sa chute, je levai soudain la tête et embrassai longuement du regard son appartement. Ainsi donc, je ne la reverrais plus ici, assise dans son canapé, tenant entre les mains un des livres d'histoire ou de philosophie que mon père, en la quittant vingt ans plus tôt, avait abandonnés derrière lui et qu'elle s'était mise à lire assidûment depuis. C'en était fini des *khoresh*, des *polo* du dimanche, des thés noirs du Guilan en écoutant les symphonies de Schubert. Les lointaines fragrances d'*Opium* qui flottaient encore dans sa chambre allaient bientôt s'évanouir.

Je ne sais pas si ma mère prit conscience que l'hôpital Sainte-Périne où elle fut admise quelque temps plus tard serait sa dernière demeure. Dans le bureau de l'assistance sociale de l'établissement qui nous avait reçus, elle souriait, d'un sourire franc et gracieux, tandis que mon frère et moi remplissions pour elle un dossier d'admission, incapables l'un comme l'autre de retenir nos larmes, qui s'écrasaient sur les formulaires. Même à demi démente, on eût dit qu'elle continuait à « faire du *ta'ârof* ». Elle entrait dans l'antichambre de la mort à l'iranienne.

À soixante-quatorze ans, elle était sans conteste la benjamine des résidents du service de gériatrie, si l'on excepte sa voisine de chambre, une femme d'à peine soixante-dix ans, à la manucure toujours impeccable, dont la maladie d'Alzheimer avait miraculeusement épargné la beauté et qui, à l'instar de ces poupées qu'affectionnent les petites filles, avait la particularité de fermer les yeux dès qu'on l'allongeait et de les rouvrir instantanément quand on la relevait.

À l'inverse, la maladie avait prématurément vieilli ma mère, à tel point que les infirmières me parlaient d'elle en disant « votre grand-mère » : « Votre grand-mère est adorable », « Votre grand-mère s'est assise une heure dans son fauteuil », « Votre grand-mère a mal dormi ». Je ne voyais pas l'utilité de rectifier leur erreur. Que Roya fût ma mère, ma grand-mère ou mon arrière-grand-mère n'avait aucune importance. À tout prendre, j'aurais préféré qu'elle régresse à l'état des nouveau-nés, dont on dit qu'ils se confondent avec leurs perceptions sensorielles. Elle n'aurait fait qu'un avec les rais de lumière dorés passant à travers les stores de sa chambre, la pression des mains du kinésithérapeute sur son corps décharné ou le jet d'eau chaude de sa douche quotidienne.

La réalité était autrement plus tragique. La dystonie entraînait maintenant des problèmes de déglutition. Quand on la nourrissait, ma mère toussait à chaque bouchée, quand bien même les aliments auraient été soigneusement moulinés, et crachait ce qu'elle ne pouvait avaler, quand elle ne s'étouffait pas avec les glaires qui lui obstruaient la trachée.

On ne se portait pas mieux autour d'elle. Quand nous lui faisions faire quelques pas dans le couloir, nous distinguions sur les lits, par les portes ouvertes, des sortes de gisants, parfaitement inertes, comme pétrifiés. Des draps sortait parfois une main, un mollet ou un pied, sur la peau desquels saillaient des veines, des varices, des nodosités, jusqu'à les déformer. Dans tout le service flottait une odeur d'excréments et de putréfaction, un relent âcre et poisseux qui vous pénétrait autant les narines que la bouche et y persistait jusqu'à la sortie.

Dans cette antichambre de la mort, seules trois résidentes tenaient encore debout : une sorte de harpie maigre et hirsute que la démence rendait agressive ; une grosse dame, moustachue et robuste, qui avait l'air en bonne santé et dont la présence ici restait énigmatique ; et une petite vieille toute menue qui chaque matin sortait de sa chambre coiffée d'un béret en laine, un petit sac de voyage à la main, et allait s'asseoir devant le local des infirmières pour attendre un hypothétique taxi afin de rentrer chez elle. L'une après l'autre, elles faisaient régulièrement irruption dans la chambre de ma mère : la première pour proférer des insultes ; la deuxième pour s'interposer et la pousser dehors ; la troisième pour se plaindre des chauffeurs de taxi, qui ne comprenaient pas que son mari l'attendait.

Comme plus aucun mot intelligible ne sortait de la bouche de ma mère, et qu'elle ne pouvait en conséquence pas dire qui elle était, j'eus l'idée de constituer à la va-vite un album photo chronologique, enrichi de légendes, à destination du personnel de l'hôpital, pour la présenter.

Page après page, on la voyait adolescente, eye-liner et chignon choucroute, s'apprêtant à aller danser le twist, fraîche mariée mélancolique sur un banc du parc Montsouris, jeune mère me tenant dans ses bras à la maternité, plus loin assise devant la mer, un verre de cocktail à la main, marchant sur le Walk of Fame, à Hollywood, avec ses amies californiennes, chinant de vieilles fringues au Camden Market, à Londres, en jeans à pattes d'éléphant, ou bien encore entourée de bambins devant le gâteau d'anniversaire de mon frère, qui s'apprêtait à en souffler les six bougies.

Malheureusement, personne n'avait le temps de feuilleter cet album. Des mains mystérieuses n'avaient de cesse de le changer de place, de le repousser dans les coins, pour lui substituer des choses plus utiles, comme des verres, une carafe, des médicaments, des compotes… Au bout du compte, j'étais la seule à le feuilleter, ma mère elle-même ne semblant pas s'y intéresser, jusqu'à détourner la tête chaque fois que je le lui présentais. Je finis par cesser de le mettre en évidence à chacune de mes visites et l'abandonnai sous une pile de journaux et de magazines avec lesquels il fut probablement jeté.

19

Contrairement à la plupart des gens, qui savent trouver les gestes pour soulager leurs vieux parents, devenus impotents, j'étais incapable de toucher ma mère. La masser, oindre de crème ses jambes et ses mains desséchées, lui couper les ongles, la coiffer même, m'était impossible. Même dans l'état déplorable où elle avait sombré, je la considérais de loin, comme je l'avais toujours fait, tenue à distance par son ancienne réticence à être approchée physiquement, y compris par ses propres enfants. J'en éprouvais un douloureux sentiment de culpabilité. Je ne me sentais pas à la hauteur de l'épreuve que le destin m'envoyait. Je quittais parfois sa chambre, envahie par la honte, pour pleurer dans le couloir.

Je n'avais jamais compris d'où lui venait cette froideur, cette aversion pour le corps des autres. Pour ma part, je ressentais en permanence le besoin d'étreindre mon fils, de l'embrasser, de le caresser.

Son corps, sa peau exerçaient sur moi une attraction irrésistible.

Dans le fond, Roya n'avait sans doute jamais voulu être mère. La maternité n'avait pas été un choix pour elle, mais une contrainte. « Ne fais jamais d'enfants ! » m'avait-elle d'ailleurs intimé toute ma vie, injonction à laquelle j'avais longtemps cédé, malgré moi, en enchaînant les fausses couches. « Les enfants sont une peine à perpétuité », disait-elle encore. Un jour, je surpris une bribe de conversation entre elle et une de ses amies. Elle lui disait qu'elle avait toujours pensé que, à force de lire des livres depuis le jour où j'avais su déchiffrer les lettres, je finirais par devenir écrivain. Je compris ce jour-là qu'elle aurait préféré que j'accouche de livres, car eux ne meurent pas sans crier gare, ils restent et, mieux encore, nous survivent.

Abandonnant tout soin corporel au personnel de l'hôpital, je me contentais de la promener dans un fauteuil roulant le long des couloirs du service de gériatrie ou de la descendre dans le parc. Je devais la chausser de lunettes aux verres sombres, car ses paupières, à demi paralysées, se fermaient difficilement. La lumière lui était pénible.

Nous rejoignions la noria des fauteuils et des lits roulants qui tournaient incessamment dans les allées, poussés pour un grand nombre d'entre eux par des « nurses » privées, rémunérées par les familles absentes. Celles-ci, liées par des sympathies de circonstance, papotaient entre elles, s'échangeant les meilleures adresses où faire de bonnes affaires ou des recettes de cuisine, tandis que, sous elles, les vieillards mourants somnolaient ou adressaient des sourires hébétés au soleil.

Nous déposions sur la langue de ma mère, qui ne s'alimentait presque plus et à qui, en raison de son état de faiblesse extrême, il était impossible d'installer une sonde gastrique, quelques cuillérées de sorbet, qui une fois sur deux finissaient par l'étouffer et qu'elle recrachait pitoyablement.

L'endroit qu'elle préférait était le bassin central qui agrémentait le parc, et où nageaient des poissons rouges. Il semblait l'apaiser. Peut-être lui rappelait-il ceux que l'on trouve dans le jardin des très anciennes maisons iraniennes, ce *pairidaeza* avestique qui, passant de langue en langue, donnerait le mot *paradis* en français moderne – qui sait, peut-être en apercevait-elle une image dans ce petit plan d'eau circulaire, bordé d'une margelle de pierre, qui reflétait le ciel de ce printemps naissant.

20

Pour lui permettre de communiquer, nous tendions parfois à ma mère une petite ardoise en plastique blanche et un feutre effaçable. À cause des tremblements de sa main, écrire lui était difficile. Elle traçait à grand-peine des mots en iranien que mon frère et moi étions la plupart du temps incapables de déchiffrer. Depuis quelque temps, c'étaient toujours les mêmes : trois mots aux caractères difformes, dont la répétition finit par nous questionner. Chaque fois que nous leur présentions l'ardoise, en mains propres ou devant un écran de téléphone ou d'ordinateur, ses amies se montaient aussi perplexes que nous, mais nous remarquions que leurs yeux s'embuaient aussitôt. Nous en vînmes à soupçonner qu'on nous cachait quelque chose.

Nous prîmes alors la décision de nous tourner vers tante Shimi, en qui résidait notre dernier espoir de lever le mystère. Un jour que celle-ci nous téléphonait de Téhéran pour prendre quelques nouvelles et nous en donner, notamment à propos de l'avancée de son chantier dentaire, nous lui expédiâmes une photo de l'ardoise. Rajustant ses lunettes sur son petit nez, qu'elle fronça comme pour mieux se concentrer, elle lut à haute voix : « *Man mikham bemiram* », ce qui veut dire en français : « Je veux mourir. » « Les enfants, vous êtes sûrs que personne n'a compris ? ajouta ma tante, étonnée. C'est tout de même étrange ! Ce n'est pas si compliqué à déchiffrer. »

Je regardai ma mère, dont le visage était parfaitement impassible. Elle avait les paupières fermées, comme si elle s'était assoupie. Je levai les yeux au-dessus de l'écran du téléphone, sur le *Champ de coquelicots dans un creux près de Giverny*, de Claude Monet, dont la reproduction était accrochée face à son lit, sans doute pour égayer la pièce. Le champ de coquelicots occupe le centre de la composition. Il s'inscrit dans un trapèze isocèle dont le bord inférieur du tableau formerait la base. Il a la forme d'une pierre tombale.

À compter de ce moment-là, je ne pus plus regarder ma mère sans penser au souhait qu'elle avait exprimé. « *Man mikham bemiram* » : ces trois mots m'obsédaient. Ils étaient les premiers que j'entendais en me réveillant et les derniers en m'endormant. C'était plus qu'un souhait, au demeurant, mais un appel au secours, une supplication.

Je ne savais plus quelle attitude adopter devant elle, d'autant que je ne voyais pas quelle aide concrète je pourrais bien lui apporter pour que sa volonté s'exauce – je n'allais tout de même pas l'étouffer sous son oreiller ! Par lâcheté, je pris le parti de ne pas aborder avec elle le sujet de sa mort. Quand je lui rendais visite, je continuais à lui parler de tout et de rien, comme si je prenais le thé avec elle. Malgré tout, j'avais de plus en plus de mal à soutenir son regard, dans lequel il me semblait lire comme un reproche perpétuel. Elle attendait une réponse de ma part et s'exaspérait de mon silence. En désespoir de cause, je téléphonai au sorcier albinos, auquel je fis croire que son infusion de cailloux avait été bénéfique.

« Votre mère veut partir, me dit-il, très sûr de lui, mais quelque chose la retient encore ici-bas. Elle pense que vous n'êtes pas préparés à son départ, vous et votre frère. Elle s'inquiète pour vous. Elle a des scrupules à vous infliger la douleur de sa disparition. Elle ne veut pas vous attrister, vous comprenez ? » Je pouvais le comprendre en effet, mais que préconisait-il ? « Vous devez lui dire clairement que vous acceptez son choix de ne plus désirer vivre. Elle attend votre accord pour se laisser mourir. Elle saura comment faire, cela ne prendra pas longtemps. »

Le lendemain, quand je me rendis à Sainte-Périne, je trouvai ma mère la bouche grande ouverte, un tuyau souple enfoncé dans la gorge. Munie d'un appareil barbare, une infirmière était en train d'aspirer quelques bouts d'aliments qui étaient restés coincés dans sa gorge et l'étouffaient. Ma mère faisait rouler sa tête de droite à gauche sur l'oreiller, comme pour se soustraire à l'intervention, qui lui était de toute évidence désagréable, et peut-être même douloureuse. L'infirmière me demanda de l'aider en implorant la malade de rester calme et de se laisser faire. Je m'assis près d'elle, sur le lit, et, lui prenant la main, lui parlai d'une voix douce, en iranien, pour la rassurer. Lorsque tout fut aspiré, l'infirmière me remercia et repartit avec son appareil sous le bras.

Aussitôt, ma mère détourna la tête vers le mur, dans un mouvement de rage. Je compris ce qu'elle voulait me dire : en aidant l'infirmière, j'avais contribué dans une certaine mesure à sa survie, j'avais participé une fois de plus à la prolongation de son calvaire, quand elle nous avait explicitement fait savoir sur l'ardoise blanche que nous lui tendions qu'elle voulait mourir.

Je la regardai un moment. Je me sentais une fois encore désemparée. Soudain, les mots du sorcier albinos me revinrent en mémoire. Je lui pris alors la main et, dépassant la légère honte que j'éprouvais à donner foi au discours farfelu d'un tel hurluberlu, qui relevait aux yeux de mon matérialiste de mari des « contes de bonne femme », je lui dis que mon frère et moi étions prêts à ce qu'elle nous quitte et que, si telle était sa volonté, elle pouvait s'« envoler ». Je n'arrivais pas à dire « mourir ». Le verbe « envoler » m'était venu spontanément.

Dans un élan d'amour et de désespoir mêlés, je posai ma tête sur sa hanche et fermai les yeux. Je sentis alors sa main tremblotante me caresser tendrement les cheveux. Elle m'avait souvent raconté qu'elle avait pour habitude, en m'allaitant, de lisser sur mon crâne d'enfant une houppette de cheveux noirs qui refusait obstinément de se coucher. Au seuil de la mort, elle retrouvait ce geste de jeune mère.

Je la quittai ce jour-là en me disant que c'était la dernière fois que je la voyais vivante. Je posai longuement les yeux sur son corps décharné, devenu presque invisible sous son élégant kimono japonais bleu nuit, parsemé d'énormes fleurs rouges que leur éclat rendait quasi réelles. Malgré sa maigreur, son profil inaltéré se découpait dans la douce clarté du printemps qui baignait la chambre. Le dessin de son nez était aussi net que lorsqu'elle était jeune femme, ses pommettes toujours aussi hautes, ses lèvres toujours aussi fines.

Quelques jours plus tard, je fus tirée de mon sommeil, en pleine nuit, par un appel de la clinique Sainte-Périne. Une infirmière m'annonça que ma mère avait fait une chute en essayant de se rendre seule aux toilettes. Elle avait été transférée aux urgences de l'hôpital Ambroise-Paré.

Je m'y précipitai aussitôt. Je la retrouvai dans un couloir, sanglée sur un brancard de pompiers. On lui cherchait une chambre. Elle avait le visage livide et les yeux apeurés. Elle gémissait de douleur. On soupçonnait une fracture de la hanche.

Je passai la nuit à son chevet, sans cesser de me demander si sa chute était accidentelle ou volontaire. Je ne le saurais jamais. On lui avait administré de puissants sédatifs. Elle gisait, inconsciente, sur son lit, le bras posé sur le drap, le poignet relié à une poche de sérum, pendue à une potence à perfusion. Je m'assoupissais parfois quelques minutes. Dès que je rouvrais les yeux, je ne pouvais m'empêcher de m'assurer que ma mère était toujours en vie.

Le lendemain matin, mon frère, qui venait de sauter d'un avion le ramenant en urgence de l'étranger, où il préparait une exposition, ouvrit la porte de la chambre, son sac de voyage à la main. Dès qu'elle le vit, ma mère sortit de sa torpeur et lui offrit un sourire radieux. Il se pencha vers elle pour l'embrasser. Au moment où il se redressait, elle trouva la force de rajuster l'écharpe qu'il portait autour du cou, dans un ultime geste maternel. Puis elle s'affaissa sur l'oreiller, ferma les yeux et sombra dans le coma.

21

MA MÈRE N'AVAIT PAS PEUR de mourir. Je le savais depuis le jour où, au cours d'un voyage en avion particulièrement mouvementé, alors que j'étais tétanisée par les violentes turbulences qui secouaient la carlingue, elle s'était tournée vers moi pour me demander d'un air mi-étonné, mi-condescendant, si je tenais vraiment tant que ça à la vie. Puis elle avait repris une gorgée de thé et s'était replongée dans la lecture de son article, comme si elle avait été paisiblement assise chez elle, sur son canapé. Je ne doutai pas un instant qu'elle n'aurait pas levé les yeux du magazine si l'avion, moteurs coupés, ailes en flammes, était soudainement descendu en piqué. Je ne parvenais pas malgré tout à définir dans sa désinvolture ce qui relevait du stoïcisme et ce qui relevait de la neurasthénie, ou de la désespérance. J'avais vingt ans, elle en avait quarante-quatre, et, de toute évidence, nous ne donnions pas le même prix à notre existence ici-bas.

Je n'ai jamais osé demander à ma mère si elle croyait en Dieu. Je savais qu'elle possédait un petit coran, à la couverture de cuir usée, rangé dans le tiroir de sa table de nuit. Je ne l'ai jamais vue le lire, mais, lorsqu'elle cherchait quelque chose dans ce tiroir, elle ne manquait jamais d'en tirer le petit ouvrage pour y déposer un baiser plein de révérence, avant de l'appuyer contre son front, puis de le ranger.

Dans mon enfance, elle avait l'habitude de me faire réciter avant chaque déplacement le *Douâa safar*, la prière du voyageur. Je me délectais de ces mots en arabe que je ne comprenais pas, mais que je répétais avec application. J'avais le sentiment de psalmodier une formule magique, d'entrer grâce à elle en communication avec un autre monde, peuplé de puissances supérieures.

La spiritualité de ma grand-mère avait pénétré l'âme de ses filles. Les petites Shimi et Zahra avaient appris à prier et vénérer Dieu comme elles avaient appris à parler ou marcher. Elles avaient longtemps accompagné Malak dans ses pèlerinages à Qom, la ville sainte du chiisme, vêtues de leur petit tchador à fleurs, spécialement cousu pour l'occasion. Chaque fois, elles se voyaient offrir un nouveau petit jonc en or jaune, qu'elles aimaient faire tinter autour de leurs poignets.

Ma mère m'avait souvent raconté leurs visites du sanctuaire de sainte Fatima-Masoumeh, où Malak, qui idolâtrait la sainte, ne manquait jamais de les emmener. Après s'être lavé le visage et les mains en prélevant précautionneusement un peu d'eau dans le bassin rectangulaire de la cour centrale destiné aux ablutions, elles essayaient de se frayer un chemin au milieu de la masse compacte des fidèles, jusqu'au mausolée en marbre de la martyre, jouant des épaules et des coudes pour atteindre les grilles qui protégeaient son tombeau et y crocheter leurs petits doigts, emplies de l'espoir de voir se réaliser tous les vœux qu'elles formulaient alors, qui allaient de voir mourir le plus tard possible les êtres qui leur étaient chers jusqu'à obtenir la meilleure note au prochain devoir de mathématiques.

Ma mère se souvenait également des festivités de l'Achoura, qui est le jour où les chiites commémorent le massacre de l'imam Hussein, petit-fils du Prophète, et de soixante-douze membres de sa famille, assassinés sur ordre du calife omeyyade Yazid. À cette occasion, Malak voyait les choses en grand. Elle faisait préparer d'immenses plateaux de *halva* et conviait chez elle des imams, des conteurs et des pleureuses pour réciter des prières et narrer l'histoire infiniment triste du

« prince des martyrs », lequel, plutôt que de faire allégeance au calife, avait préféré se jeter sur l'épée de Shimr, l'horrible traître, qui l'avait ensuite décapité.

Se joignant aux lamentations déchirantes des adultes, Shimi et Zahra se mettaient à pleurer à chaudes larmes, ayant entendu dire que plus celles-ci étaient abondantes, plus les hommes seraient purifiés du mal qui leur infestait le cœur et l'esprit. Ma mère me disait que, pour ce faire, elles substituaient au visage du saint imam, qu'elles voyaient un peu partout en ville, sur des chromos délavés, accrochés çà et là dans les échoppes, au-dessus des pyramides de fruits et d'épices, celui de Dadash, leur grand frère adulé, ou celui de leur mère, imaginant ensuite leur tête tranchée et sanguinolente rouler sur le sol aride du désert. Elles criaient tellement fort, jusqu'à s'étouffer, que Malak finissait par les faire sortir de la pièce. Une domestique les prenait sous chaque bras et leur faisait boire un peu d'eau chaude, dans laquelle trempait un bâtonnet doré de *nabat*, tout en les consolant.

22

Plus que tout autre peuple, les Iraniens sont grégaires – je veux dire par là qu'ils sont d'une sociabilité extrême. Où qu'ils se trouvent et quelles que soient les circonstances, ils ont tôt fait de se rapprocher, de se regrouper, de s'agréger, avec des connaissances aussi bien qu'avec de parfaits inconnus. Des salles d'attente aux halls de gare, de la cour des mosquées aux allées du bazar, des terrasses de restaurants aux wagons de métro, des cercles de personnes se forment partout spontanément, qui n'en finissent plus de s'élargir. Du temps qu'il fait à la prochaine élection présidentielle, tout est prétexte à engager la conversation. Une fois partie, elle peut durer des heures.

Un Iranien n'est jamais seul.

Un Iranien ne meurt jamais seul.

La nouvelle de sa fin prochaine s'étant répandue parmi ses amies et connaissances, la chambre de ma mère se remplit ainsi de monde en quelques heures et ne désemplit pas un seul instant durant toute son agonie, que les médecins avaient évaluée à plusieurs jours en raison du bon état de son cœur, qui restait l'organe le plus valide de son corps et continuait à battre, quand tout le reste avait lâché. De Paris comme de la province ou de l'étranger accoururent une trentaine de personnes, auxquelles, en visio pour sa part, même tante Shimi se joignit, toutes dents dehors.

Les chaises venant très vite à manquer, on en réquisitionna d'autres dans les chambres voisines, que l'on disposa autour du lit de la mourante, au pied duquel les manteaux, les écharpes et les sacs à main s'entassèrent bientôt. L'endroit devint une sorte de salon. À cause de son exiguïté, on ne s'y entendait plus parler.

Les heures passant, on alla chercher des fruits secs, des petits gâteaux et des bouteilles de jus de fruits. Je fis du thé, que je servis dans des gobelets de carton. Le besoin d'une nourriture plus substantielle se fit peu à peu ressentir. Des amies apportèrent des feuilles de vigne farcies, des boulettes de viande, des légumes marinés, des oignons confits, des olives, des galettes de *lavash*, des cornichons, des pistaches, de la pâte de grenade.

Le deuxième soir, Mahboubeh, arrivée de Londres quelques heures plus tôt, sortit acheter du vin et des verres à pied. Jaleh, une autre vieille amie de ma mère, qui ne voyageait jamais sans un peu de marijuana, qu'elle faisait pousser dans son luxuriant jardin en Californie, s'enhardit à rouler des joints, dont les effluves se répandirent dans tout le couloir, jusqu'au bureau des infirmières, qui avaient, semble-t-il, décidé de fermer les yeux autant que le nez sur nos excès (et bientôt les oreilles, puisque nous entreprîmes de diffuser avec nos téléphones les musiques préférées de ma mère, des vieux albums de Marianne Faithfull aux *Suites pour violoncelle* de Bach).

Quatre jours s'écoulèrent dans cette ambiance. Au fil des heures, la respiration de ma mère sous son masque à oxygène se faisait plus courte et plus rapide – c'était là le signe que sa fin approchait, nous assuraient les infirmières. Son teint était toujours plus pâle, ses extrémités se teintaient de marbrures bleues et mauves. Les unes après les autres, nous lui prenions la main et lui caressions le visage en lui murmurant des mots affectueux.

Le cinquième jour, vers quatre heures du matin, mon frère, qui dormait toutes les nuits à son chevet, fut tiré de son sommeil par une alerte sur son téléphone :

l'incendie qui ravageait la cathédrale Notre-Dame depuis la veille au soir venait enfin d'être maîtrisé par les pompiers. Il en profita pour jeter un œil à notre mère. Il constata qu'elle avait cessé de respirer.

Lexique

Azizam :
mon cher, ma chérie.

Bakhtiari :
tapis persan.

Esfand :
graine de *Peganum harmala* qu'on fait brûler contre le mauvais œil.

Halva :
confiserie orientale à base de graines de sésame broyées et de sucre.

Khoresh :
terme générique pour désigner les ragoûts dans la cuisine persane.

Korsi :
table basse traditionnelle iranienne avec un radiateur en dessous et des couvertures jetées dessus.

Lavash :
fine galette de pain moelleuse, très consommée en Iran.

Nabat :
sucrerie persane, équivalent local du sucre candi.

Norouz :
fête traditionnelle qui marque l'arrivée du printemps et le premier jour de l'année en Iran.

Polo :
riz cuit en iranien.

Remerciements

À Éric Laurrent, pour sa précieuse contribution.
À Sabine Wespieser, pour sa confiance et sa patience.

ACHEVÉ D'IMPRIMER
EN JANVIER 2025
SUR LES PRESSES
DE
L'IMPRIMERIE F. PAILLART
À ABBEVILLE
POUR LE COMPTE
DE SABINE WESPIESER ÉDITEUR

IMPRIM'VERT®

IMPRIMÉ EN FRANCE

NUMÉRO D'ÉDITEUR : 236
ISBN : 978-2-84805-556-5
DÉPOT LÉGAL : AVRIL 2025